KB078053

무한 레벨업

현윤 퓨전 판타지 소설

FUSION FANTASTIC STORY

무한 레벨업 5

현윤 퓨전 판타지 소설

초판 1쇄 찍은 날 § 2016년 8월 10일
초판 1쇄 펴낸 날 § 2016년 8월 17일

지은이 § 현윤
펴낸이 § 서경석

편집책임 § 최지원

펴낸곳 § 도서출판 청어람
등록번호 § 제387-1999-000006호
등록일자 § 1999. 5. 31
어람번호 § 제1-2499호

주소 § 경기도 부천시 원미구 부일로 483번길 40 서경B/D 3F (우) 14640
전화 § 032-656-4452 팩스 § 032-656-4453
http://www.chungeoram.com
E-mail §chungeorambook@daum.net

ISBN 979-11-04-90923-8 04810
ISBN 979-11-04-90768-5 (세트)

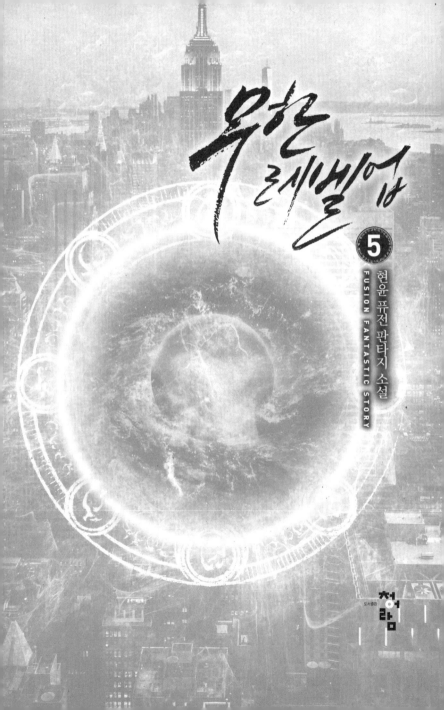

무한 레벨업

5

현윤 퓨전 판타지 소설

FUSION FANTASTIC STORY

도서출판 청어람

목차

제1장
연합의 종주국이 되다

　엘프족 연합의 중심지인 우드림에 거대한 그림자가 드리워졌다.

　후우웅!

　박쥐처럼 생긴 거대한 날개와 긴 꼬리, 날카로운 이빨까지, 엘프들은 자신들의 앞에 나타난 화이트 드래곤 나타샤 앞에 고개를 조아렸다.

　"위대한 종족이시여!"

　나타샤는 자신의 등 위에 올라가 있던 하진 일행을 바닥에 내려놓곤 이내 인간의 모습으로 다시 되돌아갔다.

　스스스스!

인간으로 폴리모프한 나타샤는 자신의 앞에 고개를 조아린 엘프족 연합에게 말했다.

"고개를 들라. 드래곤 로드는 이 땅에 평화와 평등이 찾아오기를 염원하였다. 그대들은 이제부터 우리 드래곤과 평등한 존재로서 대우 받을 것이다. 이 땅에는 군림하는 자와 복종하는 자, 이 두 개의 계급을 혁파하고 자유의 세상이 도래할 것이다."

"와아아아아아!"

엘프의 여왕 엘레니아가 하진을 가리키며 말했다.

"저 사람은 드래곤 로드의 현신입니다! 저 사람이 우리의 맹주가 되어야 합니다!"

"옳소!"

"쿠르드 만세!"

"와아아아아!"

함성 소리가 드높게 울려 퍼지는 가운데 하진이 나무로 된 단상 위에 올라섰다.

그는 자신의 옆구리에 채워져 있던 드래곤 본 소드를 빼어 들었다.

챙!

"나는 쿠르드 님의 유지를 받든 사람입니다. 평화와 자유를 위해 싸울 것이며, 우리의 자유를 위해서라면 그 어떤 희생도 마다하지 않을 겁니다."

하진은 자신의 검으로 인간들의 땅을 가리키며 말했다.

"원래 우리의 것이었으며 우리의 영역이었던 땅을 모두 수복합시다. 나라는 의식이 아니라 모두가 하나의 유기체가 되어 움직인다면 제국주의 열강들을 물리치고 또다시 새로운 시작을 준비할 수 있을 겁니다."

"와아아아아!"

이제 연합의 맹주가 된 하진은 거병의 시작점이 바로 지금임을 선포했다.

"갑시다! 이제부터 우리의 진정한 힘을 보여주는 겁니다!"

"진군, 진군이다!"

엘프와 나탈림, 드워프들의 피가 들끓기 시작했다.

         *   *   *

엘프족 연합의 이름을 드래곤 연합이라고 명명한 하진은 쿠르드의 지하실에 있던 보물 중 일부를 팔아치워 만든 자금으로 막대한 양의 철광석을 사들였다.

현재 대륙의 전쟁 동향 때문에 철값이 만만치 않은 상황이었지만 원자재인 철광석은 비교적 저렴한 편이었다.

아직까지 철을 제련하는 기술이 드워프 수준까지 발달하지 못한 인간들은 원자재보다도 가공된 철을 훨씬 더 비싸게 쳐주었다.

그렇기 때문에 대륙의 대장장이들이 돈을 버는 것이었고, 군부에 소속된 대장장이들이 대우를 받을 수밖에 없었다.

한마디로 지금의 철값은 유통 과정에서 그 가격이 천정부지로 뛰어 지금의 가격대를 형성하게 된 것이다.

철로 만들어지지 않은 철광석을 산지에서 직접 사들이게 되면 그 가격이 무려 10배에서 20배쯤 차이가 나니 드래곤 연합의 입장에선 아주 반가운 일이라 할 수 있었다.

하진이 사들인 철광석은 드워프들이 가공하여 무기와 방어구를 만들어냈는데, 그 단단함이 일반적인 철제 무기와는 비교조차 할 수 없을 정도였다.

엘프족과 나탈림은 드워프가 만들어낸 철제 무기들로 무장하고 바다로 나갈 준비를 마쳤다.

우드림과 아펠트 군도의 수비는 일부 잔류 병력과 함께 엘프족의 정령, 세계수, 그리고 나타샤가 전담하기로 했다.

하진은 엘레니아와 함께 새로 세워진 성벽을 돌아보며 재점검을 실시하고 있었다.

쿵쿵!

손으로 성벽을 두드려 본 하진은 만족스러운 표정을 지었다.

"역시 대단하군요. 제가 없는 사이에 거의 완벽한 수준으로 공사를 끝냈어요."

"당신이 우리에게 힌트를 준 덕분이죠."

하진은 엘레니아에게 콘크리트 공법에 대한 얘기를 아주 짧게 해주었고, 드워프 장인들이 그것을 듣고 자신들이 직접 재료를 배합하여 지금의 콘크리트를 만들어냈다.

시멘트를 만드는 공정엔 석회석과 점토, 산화철 등이 필요한데, 이것을 최상의 비율로 조합하고 분자 단위까지 분쇄하여 제품화하는 것이 키포인트다.

드워프들은 하진이 준 힌트를 토대로 자신들이 직접 부재료에 부합되는 물질을 찾아 시멘트에 첨가하는 실험을 진행하였다.

이 과정에서 엘프의 정령술과 나탈림의 마법이 동원되어 세상에서 가장 완벽한 콘크리트를 양산할 수 있게 된 것이다.

그 밖에도 우드림의 성벽에는 콘크리트 벽면을 감싸주는 나무 정령 엔트가 자리 잡고 있어 그 단단함을 배가시켜 주고 있었으며, 나탈림의 워터볼 마법이 주변을 감싸고 있어 화마에 절대적으로 안전할 수 있게 되었다.

또한 성벽의 윗부분에는 5미터 간격으로 아이온 캐논과 마공 소총이 설치되어 있어 적의 진격을 효과적으로 제압할 수 있게 되었다.

이제 엘프족은 예전처럼 적들의 공격에 속수무책으로 당하는 종족이 아니라 드래곤 연합의 강력한 장벽 역할을 할 수 있게 된 것이다.

"최상의 수비 조건을 갖추는 일은 전쟁의 승패를 좌우하는 일입니다. 이로써 절반은 해낸 셈이군요."

"모두 당신 덕분입니다. 우리 엘프족의 지식만으론 이런 요새를 건설할 수 없었을 거예요."

"아니요. 이것은 우리 모두의 작품이죠."

잠시 후, 테르니온이 하진이 원정을 떠난 동안 사략한 함대를 이끌고 도착했다.

그는 5단 범선 25척과 보급선 30척, 그리고 아펠트 군도에서 직접 개발한 신형 아이온 캐논 포대 500정을 가지고 이곳에 왔다.

테르니온은 전 함대가 에밀리아의 통제를 받을 수 있도록 그녀의 영혼석과 이어지는 마나석을 설치하고 바닥에 자동 사격 장치의 마나 신경 라인을 잡아두었다.

이제 해군은 사람 한 명 없이 사격을 할 수 있는 25척의 전함과 보급선을 갖게 된 것이다.

"출정 준비가 끝났네. 이제 슬슬 바다로 나아갈 시간이야."

"좋습니다. 군을 소집해 두겠습니다."

이번 원정의 첫 번째 목표는 아케인 왕국의 서북부 식민지인 이슈리아 왕국이며, 그 중간에 있는 함대 기지와 항구 도시를 차례대로 점령할 계획이다.

하진은 테르니온과 함께 기함인 에밀리아호로 향했다.

　　　　*　　　　　　*　　　　　　*

　헤이슨 제도 헤르센 황궁에 서부 대륙 자객들이 모여들고
있다.

　파바바밧!

　서부 대륙 자객의 맹주로 불리는 테미안은 황제 아카이드
에게 깊이 고개 숙여 읍했다.

　척!

　"주군을 뵙습니다!"

　"테미안, 그동안 서부 대륙 구석에서 숨어 지내느라 고생
이 많았다."

　"아닙니다. 존명을 기다리는데 고생이라니요. 당치도 않습
니다."

　아카이드의 충직한 심복이자 카이란의 쌍둥이 동생인 테
미안은 서부 대륙 자객단 15대 맹주를 역임하고 있다.

　헤이슨 제국이 처음 세워지고 난 이후 정보전과 암투에
대한 중요성이 대두되면서 황제가 직속 기관으로서 비밀리
에 조직한 곳이 바로 자객단이다.

　자객단은 인간으로선 도저히 상상할 수 없을 만큼 혹독
한 훈련을 받고 인간 병기로 다시 태어난 사람들이다.

　이 안에는 남자, 여자, 노인, 아이 할 것 없이 각계각층의

사람들이 모여 하나의 커다란 집단을 이루고 있다.

자객단은 임무의 완수를 위해서라면 목숨을 아끼지 않으며, 절대로 흔적을 남기지 않도록 특수한 훈련까지 받는다.

만약 황제가 누군가를 죽이고자 마음먹는다면 자객단이 없어지는 한이 있어도 그들은 반드시 임무를 완수해 낼 것이다.

아카이드는 그들에게 특명을 내렸다.

"지금 카이란이 나의 동생 레비로스를 찾아 이곳으로 데리고 오는 중이다. 너희들은 레비로스가 이곳까지 안전하게 들어올 수 있도록 내란을 일으켜 주어야겠다."

"내란이라면……."

"말 그대로 내란이다."

아카이드는 총 네 명의 명단을 테미안에게 건넸다.

—제국 행정부 제1 재상 유피란츠 밀란.

—제국군 부사령관 에밀 요하츠.

—제국군 제1 서기관 게리스 게일슨.

—제국 제1 황위 계승자 알렌 헤이슨.

아카이드가 내린 살생부에는 놀랍게도 자신의 친아들인 황태자까지 들어가 있었다.

재상은 내명부의 가장 큰 충신이자 문벌의 대부로 불리는 인물로 대모 오필리아가 지금의 자리까지 끌어올린 그녀의 충복이다.

아마도 유피란츠가 숨을 거두게 된다면 오필리아가 길길이 날뛸 것이 분명하니 이 한 사람만 제거해도 충분히 내란은 일어날 것이다.

하지만 만약 알렌이 숨을 거두고 나면 내명부는 물론이고 문신들이 들고일어날 것이 뻔하니 아카이드는 서기관과 부사령관을 함께 죽여 논란을 잠재우려는 것이다.

제1 서기관 게리스와 제국군 부사령관은 그의 우호 세력이니 그들의 목까지 벤다면 문벌 세력이 큰 힘을 쓰지 못할 것이다.

물론 제1 서기관과 부사령관이 죽는다면 황제의 세력권이 그만큼 약해질 수도 있겠지만 레비로스가 황궁으로 들어와 황태자가 된다면 모든 것이 종식될 것이다.

현재 황제의 권한은 제대로 힘을 발휘하기 힘든 면이 있는데, 황제가 전면으로 나서서 반대 세력을 숙청할 수 있는 입장이 아니기 때문이다.

만약 레비로스에게 아카이드가 칼을 쥐어준다면 얘기는 달라진다.

"한바탕 피바람을 일으키자."

"존명!"

아카이드는 이 지긋지긋하고 질긴 내명부의 숨통을 끊어

버리기 위해 자신의 모든 것을 걸었다.

'부디 일이 잘 풀리길 바라는 수밖에.'

그는 신에게 기도하는 심정으로 눈을 감았다.

*　　　　　*　　　　　*

아케인 왕국 중부 야시장 안.

와글와글

늦은 밤임에도 불구하고 아케인 왕국의 보부상들이 모여들어 문전성시를 이루고 있는 야시장이다.

시장 뒷골목에는 보부상 연합을 비롯한 각종 길드가 들어서 있었는데, 그중에서도 가장 큰 세력은 바로 '풍운 협객단'이었다.

풍운 협객단은 아케인 왕국뿐만 아니라 전 세계 각지에서 날아드는 의뢰를 받고 그것을 해결해 주는 사람들이다.

보부상들은 풍운 협객단을 해결사라고 불렀으며, 그들이 맡은 임무는 반드시 해결되었다.

심지어 아케인 왕국 전대 재상 두 명과 백작 두 명을 사살하는 데 성공한 이들이 바로 풍운 협객단이었다.

하지만 풍운 협객단의 본거지는 아무도 아는 사람이 없고 그냥 거리에 있는 게시판에 사건을 의뢰하는 쪽지를 보고 그들이 찾아가 대면하였다.

물론 모두 복면을 쓰고 있거나 노인, 어린이의 얼굴을 하고 있어서 실제 그들의 얼굴을 본 사람은 없었다.

다만 풍운 협객단주에 대해 알려진 것이 딱 하나 있었다.

그는 얼굴을 자유자재로 바꿀 수 있으며 그림자처럼 모습을 감추는 능력을 가지고 있다는 것이다.

사람들은 그가 그림자 사령의 불길을 먹었다고도 하고 원래 그림자 안에서 태어났다고도 했다.

그러나 이 모든 것은 그저 낭설에 지나지 않았다.

풍운 협객단주는 다름 아닌 헤이슨 제국 황제의 동생인 레비로스였다.

레비로스는 자신이 서부 대륙에서 배운 자객술과 독자적으로 개발한 위장술로 풍운 협객단을 세우고 지금의 세력을 이룩한 것이다.

야시장 안 골목길로 들어선 레비로스는 지하 수로의 뚜껑을 열었다.

끼이이익!

"먼저 가겠나?"

"…전하께서 이런 시궁창 안으로 들어가신단 말씀은 아니겠지요?"

"이곳이 바로 내 세력권의 중심이자 풍운 협객단의 핵심이네. 들어가지 않겠다면 그냥 이곳에 있게나."

"아닙니다."

카이란은 횃불도 없이 지하 수로 안으로 들어가는 레비로스를 따라갔다.

끼익, 끼익.

위태로워 보이는 사다리를 타고 무려 10분이나 아래로 내려가자 드디어 희미한 불빛이 조금씩 보이기 시작했다.

아마 일반인은 물론이고 야시장을 관리하는 관군조차 이러한 공간이 있다는 것은 상상조차 하지 못할 것이다.

잠시 후, 시궁창 지하로 맑은 물이 흐르는 지하 수로가 모습을 드러냈다.

쏴아아아아아!

"이, 이것은⋯⋯?!"

"그 누군가는 대륙과 대륙을 이어주는 대운하를 건설하겠노라 다짐했었지. 하지만 그것을 이룬 사람은 단 한 사람도 없었다. 그러나 우리 풍운 협객단은 이뤄냈다."

이곳 야시장의 지하 수로는 전 세계 어느 곳으로든 흘러갈 수 있게 만들어졌는데, 중앙 해협을 건너가기만 하면 목표한 대륙의 지하 수로로 들어갈 수 있었다.

사람들은 풍운 협객단이 도대체 어떤 방식으로 그리 신출귀몰할 수 있는지 의문을 품고 있었지만 설마하니 그들이 지하 수로를 이용할 것이라곤 전혀 상상조차 하지 못했다.

카이란은 도대체 이런 수로를 어떻게 뚫었는지 궁금했다.

"인간의 힘으론 이런 수로를 만들지 못합니다. 도대체 어떻게……."

"아니, 인간의 힘으로 할 수 없는 일은 없다네. 나는 친왕으로서 내가 가지고 있던 사유재산을 전부 다 털어서 이 수로를 뚫어냈어. 전 세계를 돌아다니며 인부들을 고용하고 끝도 없이 지하 수로를 뚫고 다녔지."

"아뢰옵기 송구합니다만, 전하께선 그만한 자금이 없지 않았습니까?"

"물론 그랬지. 하지만 나를 옹호하는 세력이 꽤 많았다. 제국 내의 모든 옹호 세력이 보내준 기금을 전부 상단을 꾸리는 데 사용했지. 내가 꾸린 상단은 전 세계 이곳저곳을 돌아다니며 재화를 생산하고 그곳의 지하 수로를 뚫어냈어. 결국 내가 꾸린 보부상단이 이 모든 것을 이룩해 낸 셈이지."

"보부상단이라면……."

"아케인 왕국의 보부상 연합 말일세. 서부 대륙 보부상의 대표적인 단체이기도 하지."

"아아!"

카이란은 황제가 그저 자신의 핏줄이라서 그를 데리고 오라는 명령을 내렸다고 생각했다.

하지만 그의 수완이 이뤄낸 엄청난 지하 제국을 보고 있자니 그가 황태자가 되고 더 나아가선 황제가 되는 길이 제국의 부흥을 이루는 데 큰 역할을 할 것 같았다.

아카이드는 자신이 황제의 위를 손에 쥐고 있는 동안에

동생의 자리를 다져주고 그 이후엔 제국을 다지는 일에 매진할 생각이었던 것이다.

'그래, 이 모든 것을 이뤄내기 위해선 친왕전하가 꼭 필요하다.'

레비로스는 지하 수로를 타고 제국까지 가는 길에 대해 설명했다.

"바다를 한 번 건너긴 해야겠지만 지하 수로를 타고 가면 자네가 온 기간의 대략 1/10밖에 걸리지 않을 걸세. 형님께서 기다릴 테니 더 이상 지체하지 말고 곧장 제국으로 가세."

"예, 전하!"

카이란은 드디어 황제의 시름이 조금은 덜어질 것이라고 생각했다.

그동안 아카이드는 이 순간을 위해 그리도 청렴하게 살아온 것이고 레비로스 역시 도망자로 살아온 것이다.

이제 두 형제의 숙원이 이뤄지기만을 바라보는 카이란이다.

                    *   *   *

아케인 왕국과 헤이슨 제국의 중앙 대륙 서부전선에 눈이 내리고 있다.

휘이이잉!

때 이른 눈이 내리는 서부전선에는 이미 10만이 넘는 병사가 운집해 있었고, 그들이 부딪치는 날엔 살육전이 벌어질 것이 틀림없었다.

그러나 두 열강은 여전히 첨예하게 대치하고 있을 뿐 별다른 군사적 움직임은 보이지 않고 있었다.

다만 각지에서 국지성 도발이 일어나 소규모 전투가 벌어지고 있을 뿐이다.

헤이슨 제국은 지금 황태자의 유배로 인한 문무 대신들의 대립이 극에 달해 있었고, 아케인 왕국 역시 당파 싸움으로 인해 나라가 온통 시끄럽기 그지없었다.

이런 상황에서 그들이 대립하고 있는 것은 그저 중앙 대륙의 패권을 빼앗기지 않기 위한 방책일 뿐 그 이상도 그 이하도 아니었다.

중앙 대륙 서부전선이 점점 고착화되면서 전쟁은 초장기전 형국으로 변하였고, 칼번 역시 지원을 조금씩 줄이는 정책을 펼치려 했다.

라이너스 황자는 자신의 핏줄인 친형 라이오니슨의 자리가 곧 위태로워질 것이라고 확신했다.

총사령관의 입지는 제국이 전쟁에서 거두어들인 이득에서 비롯되는데, 지금은 그저 소모전으로 전쟁이 지속되고 있었기 때문이다.

참모진이 라이너스의 별궁으로 찾아와 전면전을 벌여달라고 주청했다.

"전하, 부디 소신들에게 전쟁을 주십시오!"

"그것이 어디 나의 마음대로 되는 일이던가?"

"하지만 이대로 전쟁이 고착화된다면 군부의 입지가 좁아질 겁니다. 뭔가 특단의 조치를 내려야 할 때가 되었다고 보입니다."

"후우……."

깊은 한숨을 내쉬는 라이너스에게 에네스가 말했다.

"전하, 참모장으로서 한 말씀만 드려도 되겠습니까?"

"말하게."

"국지전으로 전쟁을 끌고 가는 것은 결국 국력을 소모시키는 일이니 전면전의 도화선에 불을 댕기는 편이 좋다고 사료됩니다."

"어쩌자는 말인가? 군부의 사령관이라도 잡아서 족치자는 것인가?"

"아닙니다. 그 정도로는 일이 끝나지 않을 겁니다."

"그럼 어떻게 하자는 건가?"

"아케인 왕국의 공주와 부마가 저들의 습격을 받는다면 어떻게 되겠습니까?"

순간, 그의 눈이 번쩍 떠졌다.

"뭐, 뭐라?! 공주가 습격을 당한다?!"

"아무리 반쪽짜리 권력을 가진 공주라곤 해도 아케인 왕실의 일원입니다. 그 부부가 봉변을 당한다면 전쟁이 일어나지 않을 수 없습니다."

"하지만 내 여동생을 희생시킬 수는 없는 일이다."

"희생되지 않습니다. 소신을 믿어주십시오."

라이너스는 그의 제안에 솔깃할 수밖에 없었다.

만약 일국의 공주가 습격을 당해 죽을 뻔한다면 당연히 왕국의 자존심에 금이 갈 것이고, 칼번은 그것을 참지 못할 것이다.

에네스와 아이린이 적당히 저들의 손에 놀아나 준다면 전쟁은 굳이 기다리지 않아도 일어날 것이 분명했다.

하지만 저들이 이 부부를 습격할 것이라는 확신이 없다는 것이 문제였다.

"한데 두 사람이 대놓고 잡아먹으라고 내달리지 않는 한 그런 일이 벌어지겠나?"

"가능합니다. 소신이 얼마 전에 헤이슨 제국의 습격을 받은 것을 기억하십니까?"

"그랬지."

"그때의 그 습격, 헤이슨과의 내통자에 의해 벌어진 겁니다. 소신은 그 끄나풀을 잡아서 정보를 입수했습니다."

"……!"

"만약 원하신다면 전쟁을 일으켜 드리겠습니다."

라이너스는 호탕하게 웃음을 터뜨렸다.

"하하하하! 자네, 참으로 물건이군! 이제 보니 어지간한 장수보다 나아!"

"부끄럽습니다."

"좋아, 자네에게 전권을 일임하겠네. 우리 형님과 나에게 전쟁을 내려주게나."

"소신, 몸이 가루가 되는 한이 있어도 전쟁을 일으키겠습니다!"

에네스의 눈동자가 날카롭게 반짝인다.

*　　　　*　　　　*

전쟁으로 피폐해진 중앙 대륙 시장통으로 검은색 로브를 뒤집어쓴 에네스가 잠복해 들어왔다.

슈우우욱!

데스 로드는 피와 그림자, 어둠, 공포, 죽음을 이용하는 능력을 가지고 있기에 밤을 이용한다면 이 세상 어느 곳에도 가뿐히 침투할 수 있었다.

에네스는 데스 로드의 능력 중에서 그림자의 힘을 이용하여 시장통의 그림자 속에 녹아들었다.

쿵짝, 쿵짝!

"벗어라, 벗어!"

"어머, 이러면 안 돼요."

"옜다, 돈이다!"

"호호호, 좋아요! 이리 오세요!"

무희들과 술집 종업원들이 헤이슨 제국의 군인들이 던진 돈을 받고 하나둘 텐트로 들어갔다.

에네스는 그 모습을 지켜보며 자신이 원하는 먹잇감이 나타나기를 기다렸다.

잠시 후, 헤이슨 제국의 제5군 사령관 무하나리 예비스가 무희 네 명을 거느린 채 술집에서 나왔다.

"아하하! 너희들, 오늘 아주 제대로 임자 만난 것이다!"

"호호, 기대할게요!"

무하나리는 그녀들이 이끄는 대로 호화 여관으로 걸어갔고, 그 걸음마다 은화가 한 닢씩 쏟아졌다.

"자자, 받아라!"

"어머, 멋져라!"

돈이라면 주머니가 터지도록 넘쳐나는 그에게 하루에 금화 한 주머니쯤은 별것 아니었다.

에네스는 그의 뒤로 소리 없이 다가가 무하나리의 신형을 번쩍 들어 올렸다.

쑤우우욱!

"어, 어어어……?!"

"꺄아아아악!"

하늘 높이 날아오른 그는 에네스의 그림자 속으로 빨려들어 갔다.

슈가가가가각!

"우-우-우-웁!"

에네스는 그를 끌고 시장통 뒷산 꼭대기로 올라갔다.

단 3초 만에 산꼭대기에 오른 무하나리는 지금 이게 도대체 어떻게 된 일인가 싶었다.

"이, 이런 씨발! 귀, 귀신이야, 사람이야?!"

"귀신도 아니고 사람도 아니다. 난 아무것도 아닌 존재다."

에네스는 그의 목덜미에 손을 가져다 댔다.

턱!

"크, 크허억!"

무하나리는 에네스의 눈동자에서 깊은 공포를 느꼈고, 그가 가진 무한한 어둠에 굴복하여 눈물을 흘리고 말았다.

"…소, 소인에게 도대체 뭘 원하십니까?! 뭐든 말씀만 하십시오!"

"나에게 전쟁을 다오."

"그, 그게 무슨……?"

"앞으로 나흘 후, 아이린 왕녀와 부마가 중앙 대륙 북부 지대로 신혼여행을 올 것이다. 그들을 납치하여 죽였다고 선언해라. 그렇게 되면 반드시 전쟁이 일어날 것이다."

"하, 하지만 그렇게 되면 저는……."

"죽을 것이다. 하지만 네 가족은 산다. 어떻게 하겠나?"

무하나리는 더 이상 그의 말을 들을 것도 없이 고개를 끄덕였다.

"하, 하겠습니다!"

"그래, 잘 생각했다. 이로써 네 가족은 죽지 않을 것이다. 지금 당장 집으로 돌아가서 재산을 챙겨 가족들을 최대한 멀리 피신시키도록 하라. 이 정도면 내가 꽤 많은 자비를 베풀었다고 생각한다."

"…감사합니다."

"나를 실망시키는 일이 일어나선 안 된다. 나를 피해선 그 어디에서도 살 수 없을 것이다."

"무, 물론입니다!"

공포에 질려 버린 무하나리는 제정신이 아닌 상태로 곧장 부둣가를 향해 달렸다.

에네스는 그를 보낸 후 왕궁으로 되돌아갔다.

＊   ＊   ＊

이슈리아 왕국 남부 해협.

골드 드래곤 쿠르드의 형상이 그려진 깃발을 단 함대가 몰려오고 있다.

쏴아아아!

하진은 아케인 왕국군이 주둔하고 있는 이슈리아 남부 해협 켈리드 부두에 포격을 쏟아냈다.

"에밀리아, 사정없이 퍼부어!"

―예, 주군.

아이온 캐넌 500정이 일제히 사격을 실시하여 켈리드 부두를 쑥대밭으로 만들기 시작했다.

콰과과과광!

아케인 왕국군 역시 해안포를 가지고 있긴 했지만 아이언 캐넌의 사정거리와 파괴력에는 한참 미치지 못했다.

일순간에 불바다가 되어버린 아케인 왕국군 주둔지는 더 이성 제 기능을 할 수 없게 되어버렸다.

"후, 후퇴하라! 전군, 후퇴하라!"

"하지만 장군, 해안포를 빼앗기면 구원 병력이 이곳에 도착했을 때 상륙을 할 수 없게 될 겁니다!"

"그렇다고 이곳에서 우리가 다 죽으면 총독부는 도대체 누가 지킨단 말인가?!"

"그, 그건 그렇지만……!"

"어서 퇴각하라! 명령이다!"

"예, 장군!"

하진은 아케인 왕국군이 성벽을 향해 퇴각하는 것을 바라보며 말했다.

"포격 중지."

―포격을 중지합니다.

전 함대의 포구가 다시 배 안으로 밀려들어 가고, 하진은 불바다가 되어버린 해안포 진지를 점령했다.

"불을 끄고 이곳에 진을 친다!"

"지금 저놈들을 따라서 진격하는 편이 낫지 않겠습니까? 잘못하면 아케인 왕국에서 병력을 보내어 진퇴양난에 놓일 수도 있습니다."

"우리의 목적은 민중을 살상하는 것이 아니라 연합군의 참여를 유도하는 것이다. 이슈리아 왕국 역시 아케인 왕국에게 억압된 식민지이니 반드시 반항심을 가지고 있을 터, 저들이 스스로 자유를 되찾을 수 있도록 기회를 주어야 한다."

"흐음……."

"만약 이곳으로 아케인 왕국군이 쳐들어온다고 해도 해안포 진지에 아이언 캐넌을 배치한다면 절대로 무너질 리가 없다. 그러니 협상할 시간은 충분하다. 저들에게 비밀 전령을 보내고 협상을 유도하도록 하지."

"알겠습니다. 엘프족과 상의하여 전령을 보낼 방법을 물색해 보겠습니다."

"그리하게."

해리슨과 엘프 군정은 안전하게 전령을 보내는 법에 대해 연구하기로 했다.

제2장
제2의 거점을 만들다

　이른 아침, 이슈리아 왕국의 수도 아슈토르에 때 아닌 피난 행렬이 이어지고 있다.

　이슈리아 왕국 남부에 침입한 신원 미상의 함대에게 아케인 총독군이 참패하여 인근 마을에 있는 사람들이 전부 수도 인근으로 피난을 온 것이다.

　총독군은 남부 지역을 전부 비우고 그곳에 군사를 집중 배치하여 결사 항전을 벌이겠다고 선언했다.

　이미 아케인 왕국에게 구원 병력을 요청하긴 했지만 북쪽으론 웰리스 산맥이 장벽처럼 가로막고 있어 남부로의 진격로밖에 확보하지 못한 상태였다.

그러니 이들이 살아남자면 남부 해안을 다시 점령하여 반드시 상륙 거점을 마련해야만 하는 상황이다.

이슈리아의 총독 파이선 자작은 자신의 사유재산으로 되어 있던 이슈리아 왕국 인근의 땅을 밟는 사람들에게 모두 세금을 부과하고 그것을 징발하여 군자금으로 사용하기로 했다.

또한 가가호호 돌아다니면서 쇠붙이처럼 생긴 것은 전부 다 끌어모아 대포의 포탄을 제조하기로 했다.

총독군은 중무장한 상태로 마을을 돌아다니면서 민가를 약탈하였다.

"이슈리아 제5지구 15번 주택, 주택을 소유한 소유주는 앞으로 나오라!"

백인대장의 명령에 의해 민가 안에 들어가 있던 한 중년 남자가 밖으로 걸어 나왔다.

그는 백인대장 앞에 무릎을 꿇고 사정하기 시작했다.

"아이고, 나리, 저희들은 그저 조그마한 소작농에 불과합니다! 그나마 농기구까지 전부 다 빼앗아가면 우리는 굶어 죽을 수밖에 없습니다!"

"굶어 죽으나 저 해적들에게 점령당해 죽으나 매한가지다. 그나마 왕국군이 상륙하여 이곳을 재점령하면 입에 풀칠은 할 수 있을 테니 아케인 왕국에 충성하는 것이 너희들에게도 이득이 될 것이다."

"하, 하지만……."

"여봐라, 이놈의 집을 수색하여 철기를 모두 다 수집하라!"

"예!"

"아이고, 나리, 한 번만 봐주십시오!"

그는 백인대장의 다리를 붙잡고 매달렸으나 병사들은 그를 제압해 버렸다.

퍼억!

"크허억!"

"이런 개자식을 보았나? 왕국의 덕을 보고 사는 놈이 이깟 쟁기 하나 바치는 게 뭐 그리 어렵단 말인가?!"

"흑흑, 나리, 살려주십시오!"

"자꾸 이런 식으로 나온다면 네 딸년들을 잡아다 노예로 팔아버릴 것이다! 그러니 닥치거라!"

"흑흑……."

그저 앉아서 눈물을 흘리는 것 말고는 할 수 있는 것이 하나도 없는 소작농이다. 그런 그에게서 농기구와 솥, 포크, 심지어 그릇까지 전부 다 빼앗은 총독군은 다음 집으로 향했다.

"어서 움직여라! 놈들의 군대가 해안포를 점령하고 남부 성벽으로 진군하기 시작했다! 그 많은 포대를 이겨내기엔 성벽이 너무 허술하단 말이다!"

"예, 대장님!"

한차례 철기들을 쓸어간 백인대에 이어서 이번에는 천인대가 몰려왔다.

그들은 달구지와 마차를 동원하여 군량으로 쓸 수 있는 식량을 징발하고 있었다.

"지금부터 집 안에 있는 곡식과 빵, 고기 등 먹을 수 있는 것은 전부 앞으로 내어놓는다!"

"나, 나리, 농기구까지 가지고 가신 마당에 먹을 것을 내어놓으라니요! 이건 정말 다 죽으라는 소리입니다!"

"그런데 이놈이……!"

천인대장 휘하의 백인대장들은 자신의 앞에 달려와 무릎을 꿇은 소작농의 머리를 단칼에 베어버렸다.

퍼억!

푸하아아아악!

사방을 물들인 소작농의 피가 동네 어귀까지 흘러 전쟁의 광기가 얼마나 심각한지 알려주었다,

병사들은 그의 머리를 마을 광장 높은 곳에 효시하였다.

"보았느냐?! 왕국군에게 반항하면 저렇게 된다! 너희들이 지금 이 정도까지 살 수 있던 것은 왕국군이 혁명을 일으켜주었기 때문이다! 폐하의 은총에 감사하고 그분을 아버지처럼 떠받들어도 모자랄 판에 반항이라니, 다시 한 번 이런 일이 발생한다면 그놈의 가족까지 전부 다 참수할 것이다!"

그나마 철기를 모아간 병사들은 나은 편이었고, 식량을 거두러 온 병사들은 한 술 더 떠서 먹고 마실 것까지 죄다 거두어들였다.

"아이고, 나리!"

"시끄럽다! 우는 놈들도 아가리를 찢어버릴 테니 그리 알아라!"

천인대가 마을에 있는 식량을 죄다 쓸어 가져간 후 그다음 군대가 몰려왔다.

"집 안에 있는 천과 솜이불을 전부 꺼내 와라! 군인들이 막사에서 덮고 잘 이불이 없다! 막사를 꾸밀 수 있는 것은 모두 다 징발한다!"

"……."

식량과 농기구도 모자라 이젠 침구까지 빼앗아 가겠다는 그들의 잔악함은 소작농들의 넋을 빼놓았다.

그렇게 몇 차례 군대가 오가고 나자, 동네에 남은 것이라곤 사람과 집뿐이었다.

사람들은 촌장에게 몰려가 불만을 토로했다.

"촌장님, 우리는 이제 어쩝니까?! 그나마 이슈리아 왕국군이 주둔하고 있을 때엔 마음껏 사냥도 하고 가끔 구휼미도 풀렸습니다만, 이젠 그마저도 다 빼앗겼으니 말입니다!"

"다 굶어 죽고 말 겁니다! 당장 먹을 것도 없는데 그것을 구할 도구까지 다 빼앗겼으니 이젠 더 이상 방법이 없어요!"

"…나도 난감하네. 우리 집도 남은 것이 하나도 없어. 빌어먹을 놈들, 어린아이에게 먹일 이유식까지 죄다 빼앗아가다니…….."

사람들은 촌장에게 왕궁으로 들어가자는 제안을 했다.

"왕성 담벼락 앞이라도 좋으니 그곳까지 가기나 합시다! 그곳은 이곳보다 나을 것 아닙니까?!"

"그럽시다!"

"촌장님, 앞장서세요!"

"후우, 그러세. 이곳에서 어떻게 해볼 도리가 없으니 그렇게라도 해보세."

마을 사람들은 이슈리아 왕궁으로 몰려가기 시작했다.

*　　　*　　　*

아침 이슬이 걷혀 따뜻한 햇살이 내려앉는 정오, 평화롭던 이슈리아 왕궁 앞으로 엄청난 숫자의 백성들이 몰려왔다.

그들은 굶주림에 지쳐 왕궁의 담벼락 앞에 진을 치고 음식을 갈구하는 목소리를 냈다.

"임금님! 제발 밀 한 톨이라도 좀 주십시오! 이러다가 우리 모두 다 굶어 죽습니다!"

"살려주세요! 우리 아이가 벌써 나흘째 먹지를 못하고 있어요! 이러다가 젖먹이가 말라서 죽겠어요!"

"제발 먹을 것 좀 주세요!"

이슈리아의 제1왕녀 릴리스는 자신의 방에 있는 빵 조각이라도 던져주고자 했으나, 시녀들의 만류로 그렇게 하지 못했다.

"이러다간 백성들이 다 굶어 죽을 거야. 한 사람이라도 살려야 해."

"안 됩니다! 마마께서 불쌍히 여겨 던져준 빵 한 조각 때문에 저들은 싸움을 벌이고 말 겁니다!"

"그, 그렇긴 하지만……."

"모두를 살릴 수 없다면 아예 시도를 하지 않는 것이 저들을 도와주는 겁니다!"

그녀는 왕국의 주권이 빼앗기면서 백성들이 수탈과 핍박에 시달리는 것을 마음 아파하고 있었다.

총독부에선 나이 쉰에 얼굴까지 못생긴 총독과 공주를 결혼시키면 사정이 나아질 것이라고 했으나, 그것 역시 믿을 바는 못 되었다.

매일같이 쏟아지는 쭈글탱이 총독의 청혼에 지칠 무렵, 이런 말도 안 되는 사태가 벌어졌음에 그녀는 도저히 이 상황을 견딜 수가 없었다.

"…차라리 내가 죽고 싶어. 저들이 도대체 무슨 죄야?"

"마마, 심경을 굳건히 하십시오. 그나마 우리 왕실이 버티고 있기 때문에 저들이 백성을 노예로 팔아먹지 못하는 겁니다. 왕실이 무너지면 백성도 끝입니다."

"어차피 끝이야. 저들이 굶어 죽는다면 이 왕실이 다 무슨 소용이야?"

"마마……."

그녀가 슬픔에 잠겨 있을 무렵, 하늘에 독수리 울음소리가 울려 퍼졌다.

—삐에에에엑!

무심결에 고개를 위로 들어 올린 그녀는 놀라움을 금치 못했다.

"사, 사자 독수리?!"

"어머나! 사자 몸통에 독수리의 얼굴과 날개라니! 저것은 흉조입니다!"

"마마, 피하십시오! 저놈이 무슨 짓을 벌일지 모릅니다!"

시녀들이 그녀를 데리고 피신하려던 찰나, 하늘에서부터 작은 까치가 날아와 앉았다.

까치는 그녀들이 도망가는 길목에 내려앉아 사람의 목소리를 냈다.

"잠깐, 잠깐만 기다리세요."

"어, 어……?"

"우리는 당신들을 도우러 온 사람들입니다. 절대로 해치지 않아요."

"……."

순간, 몇몇 시녀는 기절해 버렸고, 그나마 멀쩡한 시녀들 역시 그 자리에 주저앉고 말았다.

"어, 엄마야! 귀신이다!"

"세, 세상에 귀신이 어디에 있어?! 다들 정신 차리고 마마를 모셔라!"

시녀장의 호통에도 그녀들은 도무지 일어날 생각을 하지 못했다.

까치는 그 틈을 이용하여 릴리스에게 꾸벅 고개를 숙여 인사하며 다가왔다.

"저희들은 우드림에서 온 드래곤 연합입니다. 골드 드래곤 쿠르드 님의 유지를 이어받은 가우스트 장군을 따르고 있지요."

"가우스트라……."

"아케인 왕국에게 나라를 빼앗기고 자유를 억압받고 있다는 것 잘 압니다. 그 자유를 되찾아주기 위해 우리가 온 겁니다. 우리는 아케인 왕국을 이곳에서 몰아내고 연합 군정을 설치하여 당신들을 지켜줄 겁니다. 당신들 역시 스스로를 지키고 더 나아가선 연합군에 참가하여 자유를 쟁취해야 합니다. 만약 우리와 함께한다면 이 나라에도 비전이 생길 겁니다. 자유 의지로 나라의 부국강병을 이루시지요."

까치의 제안은 그야말로 놀라움, 그리고 차마 거부할 수 없는 매력적인 유혹이었다.

시녀들은 고개를 가로저으며 그녀를 만류했다.

"안 됩니다! 저들이 과연 악마인지 사람인지 알 수가 없어요!"

"악마라… 악마는 아케인 왕국군과 같은 악독한 놈들을 지칭하는 겁니다. 저들이 바로 악마입니다. 보십시오. 저들로 인해 지금 백성은 굶주리다 못 해 이곳 왕궁 담벼락까지 들이닥쳤습니다. 원래 왕궁이란 백성들을 보살피고 그들을 아우르는 곳이어야 합니다. 한데 지금 이 광경은 다 뭘까요?"

"……."

"부디 올바른 결정을 내려주십시오. 그것이 민생을 구제하는 길이 될 겁니다."

가만히 까치의 얘기를 듣고 있던 그녀가 물었다.

"좋아, 까치야. 그렇다면 가우스트 장군에게 나를 데려다 줄 수 있겠니?"

"물론이죠. 그래서 제 친구 그리핀이 이곳까지 온 것이니까요."

"마, 마마!"

"가자. 너를 따르겠어."

"네, 공주님."

까치가 그리핀을 향해 소리쳤다.

―짹짹짹!

잠시 후, 하늘을 선회하고 있던 그리핀의 육중한 몸이 왕궁 정원에 내려앉았다.

쿠웅!

"어, 어머나!"

"크르릉."

"가시죠. 제 친구가 공주님을 가우스트 장군께 데려다줄 겁니다."

"그래."

"마, 마마!"

시녀들이 어찌해 볼 도리조차 없이 공주는 그리핀을 타고 하늘 높이 날아가 버렸다.

＊   ＊   ＊

이슈리아 남부 드래곤 연합 진영으로 왕국 제1왕녀 릴리스가 찾아왔다.

하진을 비롯한 연합군의 수뇌부는 그녀의 방문을 적극적으로 환영하고 음식을 대접했다.

비록 전식 대용으로 가지고 온 빵이나 견과류가 전부였지만 엘프족이 만들어낸 빵의 맛은 그야말로 일품이었다.

하지만 그녀는 빵을 입에도 대지 않았다.

"……."

"왜 그러십니까? 뭔가 불편한 곳이라도?"

"아니요, 제 백성들은 굶어 죽고 있는데 왕녀라는 여자가 혼자서 빵을 먹는다는 것이 못내 마음에 걸려서요."

"그렇군요."

하진과 그 측근들은 그녀가 진정으로 백성을 생각하는 참군주의 상을 가졌다고 생각했다.

거버는 그녀에게 진정으로 애민하는 길이 무엇인지 일러 주었다.

"억압된 세상에서는 그 누구도 행복할 수 없소. 만약 그대 들이 진정한 자유를 원한다면 우리의 연합으로 들어와 아케 인 왕국군을 몰아내고 스스로 일어서시오. 우리가 그 힘이 되어주겠소."

"하지만 아케인 왕국과의 싸움에서 이길 자신이 없어요."

"이보시오, 공주. 왕족이 겁을 내면 백성들은 도대체 누굴 믿고 의지하란 말이오?"

"……!"

"그대가 앞장서서 저들을 몰아내지 않으면 우리로서도 당 신들을 도와줄 방법이 없소. 나라는 백성이 만들어 나가는 것, 왕족은 그 우두머리가 되어야 하오. 우두머리가 도망친 다면 나라는 망하고 말 것이오."

그녀는 하진이 데리고 온 병력의 수에 대해 물었다.

"그렇다면 우리를 살려줄 확실한 병력은 확충되어 있나요?"

"최소한 이곳에서의 전투를 승리로 이끌고 완벽한 요새를 갖추어 드릴 병력은 있소. 우리의 아이언 캐넌과 우드림 성벽은 그 어떤 군대도 뚫을 수 없소. 만약 당신들이 우리와 함께한다면 지금까지 살면서 단 한 번도 보지 못한 것을 선물해 주겠소."

릴리스는 아케인 왕국군이 단 일격에 대패하여 도주하였다는 것을 익히 잘 알고 있었고, 실제로 다인종 연합군을 눈으로 직접 보니 그것을 믿지 않을 수가 없었다.

얼음 사막의 네피림과 드워프, 숲의 종족 엘프까지 함께하는 다인종 연합군은 이 땅에 새로운 길을 열어줄 것 같은 느낌이 들었다.

그녀는 연합군에 참여하기로 했다.

"우리는 지금부터 드래곤 연합에 가입하여 자유의 길을 걷겠습니다."

"잘 생각한 것이오."

"우리가 뭘 하면 되는 거죠?"

"별것 없소. 그냥 시민들에게 우리 연합이 아케인 연합을 몰아내고 자유를 되찾아 줄 것이라고 말씀해 주시오. 그리하고 나면 나머지는 시민들이 알아서 해줄 것이오."

"알겠어요. 때마침 성벽 아래에 엄청난 인파가 운집해 있으니 민심을 하나로 모으는 일이 그리 힘들지는 않을 겁니다."

거버는 그녀에게 드래곤 연합의 깃발을 건네주며 말했다.

"희망을 가지시오. 우리는 반드시 승리할 것이오."

"그래요. 알겠어요."

그녀는 다시 그리핀을 타고 왕궁으로 향했다.

*   *   *

같은 시각, 이슈리아 왕궁에선 굶주린 백성들을 몰아낼 궁여지책을 세우는 중이다.

"전하, 이러다간 성벽이 무너지고 말 것입니다! 어서 결단을 내리시어 아케인 총독군에게 반역하는 저 배은망덕한 무리를 몰아내시지요!"

"하지만 저들은 내 백성이오. 한 나라의 국왕이 어찌하여 백성을 밖으로 내몬단 말이오. 경은 자식들을 밖으로 매몰차게 내몰 수 있는 사람이시오?"

"자식이 잘못하면 따끔하게 다그치는 것도 부모의 도리라고 생각합니다. 자꾸 오냐오냐 응석만 받아주다 보면 사람 구실을 못 하게 되는 것이지요."

"……."

이슈리아 왕국의 재상 드웨인 후작은 아케인 왕국군에게

나라를 팔아먹은 매국노이며, 지금은 그 앞잡이가 되어 왕국의 모든 것을 퍼주고 있었다.

심지어 그는 아케인 왕국의 작위까지 받은 사람으로서 이슈리아의 국왕 콜트슨보다 칼번 왕에게 더욱 충성하는 모습을 보였다.

그 어떤 사람보다도 칼번 왕의 왕명이 우선이며, 그 왕명을 위해서라면 이슈리아의 국왕도 단칼에 쳐낼 사람이었다.

콜트슨은 자신이 망쳐놓은 이 왕국을 구원할 방법은 영원히 없다고 생각했다.

'이 나라는 이제 끝이다. 내 대에서 결국 망국의 길을 걷게 되는구나.'

고개를 푹 숙인 콜트슨에게 한 병사가 달려와 외쳤다.

"전하! 큰일입니다!"

"무슨 일이냐?"

"지금 공주께서 성벽 아래에 모인 시민들에게 드래곤 연합에 가입하자는 연설을 하는 중이랍니다!"

"뭐, 뭐라?!"

그 누구보다 팔짝 뛰는 사람은 다름 아닌 드웨인 후작이었다.

"이런 빌어먹을! 그 정신 나간 여자를 잡아들이지 않고 뭐하는 것이냐?! 당장 그년을 잡아들여라!"

"하, 하지만 연설을 하는 사람은 왕녀님입니다. 어찌 저희들이······."

"칼번 폐하의 명성에 위배가 되는 사람들은 전부 다 반역자다! 그녀는 반역을 획책하고 그 무리를 이끌려는 사람이니 당연히 머리를 베어 성문에 효시토록 하는 것이 마땅하다!"

"예, 예! 아, 알겠······."

바로 그때, 공중에서 그리핀 한 마리가 뚝 떨어져 내렸다.

콰앙!

—크르르르릉, 카아앙!

쫘드드드득, 퍼억!

"끄아아아악!"

그리핀은 사람들이 보는 앞에서 드웨인 후작을 발톱으로 무참히 난도질하여 죽여 버렸다.

피로 물들어 버린 대전에는 찬물을 끼얹은 듯 정적이 흘렀고, 그 정적을 깨는 목소리가 있었다.

"아바마마, 이제 그만 정신을 차리시지요."

"릴리스!"

"언제까지 저런 간악한 무리에게 휘둘려 나라를 빼앗기고 있을 수만은 없습니다. 우리에겐 백성이 있고 영토가 있습니다. 비록 병사들의 공백이 있긴 하지만 북으론 병풍과 같은 산맥이 있고 남쪽으론 천만 군대를 능히 막아낼 수 있는 성벽도 있습니다. 우리가 만약 아케인 총독군을 몰아내고 드래곤 연합에 가입한다면 그들이 가진 무기와 성벽 축조 기술을 지원 받을 수 있을 겁니다. 그렇게 되면 아케인 왕국의 재침도 거뜬히 막아낼 수 있으며, 드디어 진정한 자유를 만끽할 수 있습니다."

콜트슨은 결연한 눈동자로 당당하게 말하고 있는 자신의 딸을 바라보며 다소 숙연한 표정을 지었다.

지금까지 그가 이룩해 온 정치를 살펴보자면 한숨만 나왔지만, 이 짧은 순간에 그녀가 이룩해 낸 것은 생각보다 대단했다.

아케인 왕국의 끄나풀을 제거하고 백성을 이끌기 위해 구원 병력을 왕국 안으로 들이려 하고 있다.

이것은 혁명이며 공주가 주도하는 이 자유의 물결이 성공적으로 정착하기만 한다면 왕국은 다시 하나로 통합될 수 있을 것이다.

그는 조용히 왕관을 벗고 자신의 어깨에 매달려 있던 붉은 망토를 풀어 헤쳤다.

촤락!

"여왕 폐하 만세!"

"아, 아바마마?"

"앞으로 그대가 이 나라의 왕이오! 군중의 우두머리가 될 것입니다! 우리는 그대의 신하이며 지팡이이니 앞길을 밝히는 등불처럼 사용하십시오!"

콜트슨의 양위가 이뤄지는 순간을 지켜보던 신하들 역시 그녀의 앞에 무릎을 꿇었다.

"여왕 폐하, 만세, 만세!"

"…저는 아직 왕이 될 준비가 되지 않았습니다."

"아니요, 당신은 이미 준비가 되었습니다. 지금 당장 우리 왕실의 손길만을 기다리는 있는 백성을 이끌고 혁명을 일으켜 주십시오!"

그녀는 눈물 고인 아버지의 눈동자를 바라보며 자신도 모르게 울컥 차오르는 감정을 느꼈다.

하지만 그녀는 눈물을 삼켜냈다.

"좋습니다. 내가 당신들의 여왕이 되겠습니다."

"만세, 만세!"

아버지의 왕관을 물려받은 그녀는 굳게 닫혀 있는 왕궁의 문을 열도록 지시했다.

"지금 당장 근위대는 왕궁의 문을 열고 백성들이 왕궁 안으로 들어올 수 있도록 하라!"

"예, 전하!"

300명의 근위대가 왕궁의 성문을 개방하자, 그 앞을 가득 채우고 있던 백성들이 물밀듯이 왕궁 안으로 밀려들어 왔다.

"임금님, 부디 우리에게 먹을 것을 좀 주십시오! 부탁입니다!"

"살려주십시오! 우리 아이가 죽어갑니다!"

그녀는 백성들 앞에 무릎을 꿇었다.

쿵!

"미안합니다!"

"......?"

"왕족의 대표로서 당신들에게 무릎을 꿇고 사죄합니다! 지켜주지 못해서 미안합니다!"

"이, 임금님?"

"아케인 왕국이라는 울타리 안에서 그대들을 지키지 못하고 고난과 역경만을 가져다주었으니 이 어찌 살아서 죄를 다 갚겠습니까?"

"......"

"우리는 무능한 사람들입니다. 그대들을 이끌어줄 힘도, 그렇다고 의지도 없었습니다. 만약 우리가 죽을 각오로 싸웠다면 당신들이 이렇게 고생하는 일도 없었겠지요. 오히려 매국노 뒤에 숨어서 나라가 기울어지는 것을 구경만 하고 있었으니 만약 법의 심판을 받는다면 우리가 먼저 극형을 받아야 할 겁니다."

그녀의 열변에 백성들은 어리둥절한 표정이었지만 릴리스는 아랑곳하지 않고 계속 연설을 이어나갔다.

"우리의 성벽 밖에는 드래곤 연합이 진을 치고 있습니다. 아케인 왕국은 저들을 우리의 적이라며 결사 항전을 요구하고 있으나, 우리에게 해가 되는 사람들이 누구인지 한번 생각해 보십시오."

"…우리에게서 터전을 빼앗아간 놈들이 적입니다!"

"옳소!"

"그렇습니다! 우리에게서 터전을 빼앗아간 저 아케인 왕국 군이야말로 우리에게 있어 진정한 적입니다! 지금까지 저들이 우리에게서 빼앗아간 세금이 얼마이며 수탈해 간 식량과 자원이 얼마입니까?! 심지어 사람들까지 잡아가 노예로 팔아먹으려는 놈들인데 앞으로 어떤 짓을 더 어떻게 벌일지는 아무도 모릅니다!"

"그럴 바엔 드래곤 연합에 붙읍시다!"

"맞습니다!"

릴리스는 백성들에게 자신의 의지를 전했다.

"우리는 드래곤 연합에 가입하여 아케인 왕국을 몰아내고 새로운 자유의 땅을 개척할 것입니다. 저들은 아케인 총독군을 단 5분 만에 제압하고 남부 지역을 점령하였습니다. 제가 저들의 수장과 얘기해 본 결과, 이 성벽을 허물고 진입하는 데 하루면 충분하다고 합니다. 하지만 저들은 그렇게 하지 않았습니다. 우리가 연합에 가입하여 스스로 아케인 왕국을 몰아내고 자신들의 무기와 진보된 건축 기술을 전수받아 부국강병을 이뤄내길 바라고 있는 겁니다."

"오오!"

"나갑시다! 놈들을 몰아내러 나갑시다!"

"와아아아아아아!"

그녀는 자리에서 일어나 외쳤다.

"갑시다! 아케인 왕국군의 깃발을 꺾어버리고 이 드래곤 연합의 깃발을 우리의 성벽에 내겁시다!"

펄럭!

승천하는 골드 드래곤이 새겨진 연합군의 깃발을 바라보는 백성들의 눈에서 뜨거운 눈물이 흘러내렸다.

"와아아아아!"

"연합군 만세!"

그들이 흘리는 눈물은 지금까지 50년 동안 수탈당한 세월이며, 그것을 되찾기 위해 백성들은 봉기하고 있었다.

릴리스는 태어나 처음으로 검을 잡았다.

챙!

"모두 다 일어나 싸웁시다! 근위대는 앞장서 백성들을 이끌라! 신하들 역시 모두 일어나 검을 잡으시오! 대소 신료 할 것 없이 모두 다 일어나 검을 잡고 싸우잔 말입니다!"

콜트슨은 젊은 시절에 배운 창술을 쓰기 위해 렌스를 잡았다.

척!

"신료들은 근위대와 함께 선봉에 서시오! 내가 앞장서겠소!"

"와아아아아!"

"전군, 진군하라!"

시민군의 함성 소리가 왕궁에서부터 흘러나와 왕국 전역
으로 퍼져 나갔다.

*   *   *

한편, 남부 지역 성곽에 전 병력을 몰아넣고 농성 중이던
아케인 총독군은 지금 왕국 전체가 시민군으로 돌변하였다
는 소식에 아연실색할 수밖에 없었다.

만약 그들이 남부 해안까지 진격하게 된다면 지금 이 전
선은 금방 무너져 내릴 수밖에 없었다.

"제기랄! 해안포까지 빼앗긴 마당에 이 성곽마저 잃는다면
우리 총독군의 미래는 없다!"

"하지만 저들을 막을 뾰족한 수가 없습니다! 우리는 고작
천 명에 불과하지만 저들은 수십만 명입니다! 우리가 어찌
할 도리가 없다는 소리입니다!"

"…그렇다고 이곳을 버리고 도망갔다간 왕국군에서 우리
를 처단하고 말 것이다."

"한데 이곳에 계속 남아 있다간 개죽음을 당할 겁니다.
총독군부에서 저들에게 거두어들인 세금이 얼마인데, 그나
마 식민지라는 타이틀이 없었다면 벌써 봉기가 일어나고도
남았습니다."

시민들이 봉기하여 혁명에 성공하고 나면 폭도로 돌변한다는 것을 누구보다 잘 알고 있는 총독군이다.

아케인 왕국도 몇 차례의 식민지 반란이 일어났고, 그때 죽어나간 총독군은 시체조차 찾을 수 없을 정도로 잔혹하게 살해되었다.

만약 이슈리아 왕국의 시민군이 이곳까지 진격한다면 당연히 그들을 살해하고 시신을 끔찍하게 훼손시킬 것이다.

총독군정은 어쩔 수 없이 성벽을 버리고 퇴각하기로 했다.

"…중앙 군부에는 놈들의 진격에 의해 성벽이 뚫리고 어쩔 수 없이 퇴각했다고 보고한다."

"예, 총독!"

"가자! 어서 행낭을 꾸려라!"

그들이 행낭을 꾸리고 대비하려는 찰나, 전방에서 아이언 캐넌의 화공이 쏟아지기 시작했다.

슝슝슝슝슝!

"초, 총독! 적의 화공이 쏟아지고 있습니다! 아무래도 성벽을 무너뜨리려는 것 같습니다!"

"뭐, 뭐라?! 왜 이제 와서……?!"

잠시 후, 아이언 캐넌 포대의 일격에 남부 해협의 성벽이 처참하게 무너지고 말았다.

쾅쾅쾅!

"크하악!"

"파편을 조심하라! 놈들의 공격에 맞으면 고향으로 돌아가지도 못한 채 죽는다!"

병사들이 파편을 피해서 조금씩 물러나고 있는 바로 그때, 무너진 성벽 사이로 1천의 기마대가 모습을 드러냈다.

그 선봉에는 거대한 창을 든 기사가 황금색 깃발을 나부끼며 대지를 박차고 있었다.

"전군, 돌격!"

"와아아아아아!"

적의 선봉장은 무려 4미터에 가까운 창을 믿기 힘들 정도로 가볍게 휘두르며 총독군을 쓸어버리고 있었다.

차라라라라락!

"끄아아악!"

"괴, 괴물이다! 이놈은 괴물이다!"

"죽어라!"

그의 엄청난 무위에 총독군의 수급이 줄줄이 하늘 높이 튀어 올랐고, 그 뒤를 이어서 달려온 기병대 역시 상상을 초월하는 위력을 뿜어냈다.

"허업!"

지이이잉, 서격!

"오, 오러 블레이드?!"

"기병대 전원이 오러 블레이드를 씁니다! 적어도 소드 익

스퍼트 최상급은 되는 것 같습니다!"

"이런 제기랄! 도대체 어디서 이런 무지막지한 놈들이 튀어나온 거야?!"

기병대의 돌격에 압도되어 서서히 후방으로 밀려나던 그들은 갑자기 솟아난 얼음 장벽에 가로막혀 퇴로가 차단되고 말았다.

쿠그그그극, 콰앙!

"이, 이게 무슨 말도 안 되는 일인가?!"

"총독! 퇴로가 차단되었습니다! 이제 우리가 도망갈 곳은 그 어디에도 없습니다!"

고대의 문헌에서나 찾아볼 법한 이런 마법들이 쏟아져 내리고 있으니 총독군은 이제 저항을 포기하기에 이른다.

"…우, 우리가 졌소!"

"그래, 그대들은 패배했다. 하지만 패배를 시인했다고 해서 그 죄가 사라지는 것은 아니다."

"……?"

"패잔병들은 들어라! 너희들은 지금 남부로 내려오고 있는 왕국의 시민들에게 직접 심판 받아 그 죗값을 치르게 될 것이다! 만약 살아남고 싶다면 자비를 구하라! 하지만 너희들이 자비를 구한다고 해서 그 길고 길었던 수탈과 억압의 역사가 지워지는 것은 아니다!"

"…그, 그럼 항복한 의미가 없지 않소?!"

"최소한 명예롭게 죽을 수는 있을 것이다!"

총독군정은 병장기를 내려놓고 처참한 심정으로 심판을 기다렸다.

제3장
혁명의 물결이 일어나다

　이슈리아 왕국의 시민군은 묶인 총독군 수뇌부 100명에게 돌팔매질을 하고 그 죄질에 따라 사형과 투옥형으로 나누어 심판하였다.

　지금 참수를 당하든 투옥되어 죽을 때까지 가혹한 삶을 살든 괴로운 것은 마찬가지였다. 그러나 시민군은 자신들이 세운 적법한 절차에 따라 심판할 뿐, 그 이상의 형은 부과하지 않았다.

　지킬 것은 지키면서 외세를 타도한다는 이념이 바로 드래곤 연합의 핵심이었기 때문이다.

　아케인 왕국의 총독군정을 몰아낸 하진은 이곳에 다시 요새를 세우고 현지에서 아이언 캐넌을 생산하여 배치하는 방산을 추진하였다.

이곳이 제2의 거점이 되어 서쪽으로 진군하는 드래곤 연합의 군대를 지원하게 될 것이고, 아케인 왕국의 파상 공세도 적절히 막아내게 될 것이다.

하진은 이슈리아 왕국에서 연합군에 입대하여 싸울 젊은이들을 모집하였다.

기존의 아펠트 군도의 영지군에 이슈리아 왕국군에서 자원한 젊은이들까지 합세하여 군세가 3천에 달하게 되었다.

아펠트 군도에 있는 마법 방어구와 무기의 숫자는 3천 명에게 전부 보급하기엔 무리가 있었기 때문에 기존 1천의 병력에게만 마법 무구를 지급하고 나머지 병사들에겐 드워프족 무기와 방어구를 지급하였다.

드워프족이 만들어낸 무기들은 마법이 깃들어 있지는 않았지만 그에 필적할 정도로 대단한 퀄리티를 자랑하였다.

하진은 이곳에서 2천의 신병을 한 달 동안 훈련시키도록 하고 나머지 1천의 군사를 이끌고 연합군과 함께 서쪽으로 진군하기로 했다.

엘프족 샤먼과 드워프족 장인, 네피림 주술사들은 무너진 이슈리아 왕국의 성벽을 견고히 세우고 연합군을 뒤따라오기로 약속했다.

이번 진군에서는 엘프족 2천 명, 드워프족 1,500명, 네피림 800명, 인간 1천 중에서 각각 10%씩 남겨둔 채 진군하고 신병이 양성되는 즉시 수비 병력을 재편성하고 다시 진군하는 형식으로 전략을 구성했다.

쿵쾅, 쿵쾅!

비지땀을 흘리고 있는 성벽 축조 현장을 찾은 하진은 너나 할 것 없이 두 팔을 걷어붙이고 일하는 이슈리아의 시민들을 바라보았다.

그중에는 이제 막 여왕이 된 릴리스와 전 국왕 콜트슨도 섞여 있었다.

두 사람이 솔선수범하여 노동의 현장에 뛰어드니 나머지 신료들 역시 자신들이 가진 자산들을 모두 내어놓고 스스로 자유민 계급이 되어 성벽 축조 현장에 나왔다.

당분간 모두가 함께 노동자가 되어 나라를 재건할 것이고, 그 이후에는 부국강병을 위하여 각자의 생업으로 돌아갈 것이다.

이들은 아펠트 군도의 영지민들이 그러한 것처럼 신분의 고하를 막론하고 일터로 나가 이 땅을 되살릴 것이다.

하진은 흙과 땀으로 범벅이 된 릴리스에게 물수건을 건넸다.

"땀을 닦으시지요."

"고맙습니다."

잠시 공사 현장에서 나온 릴리스에게 하진이 말했다.

"힘들지 않습니까? 처음 해보는 노동일 텐데요."

"괜찮아요. 이렇게 밖에 나와 자유롭게 살 수 있다니, 그동안 도대체 어떻게 왕궁 안에서만 살았는지 모르겠어요."

"하하, 확실히 왕궁이 답답한 면이 있지요."

지금 이슈리아 왕국의 왕성은 잠자리를 잃은 백성들에게 개방되어 집이 지어질 때까지 숙소로 제공되고 있었다.

릴리스는 더 이상 백성들이 춥고 배고픈 나날을 보내지 않아도 된다는 생각에 한시도 쉬지 않고 움직였다.

하진은 이곳에 온돌 집을 지어주고 그들이 스스로 경작할 수 있는 경작지를 나누어주는 것이 최종 목표였다.

그때까지는 쿠르드의 지하실에 남아 있는 보물을 팔아 식량을 충분히 공급하고 없어진 농기구와 징집된 마소를 충원할 생각이다.

"상선 네 척과 마소 5천 필을 사다 놓을 겁니다. 이것을 가지고 급한 대로 사용하시고 나머지는 추후에 제가 돌아오는 즉시 충원해 드리겠습니다."

"고맙습니다. 이 은혜를 도대체 어떻게 갚아야 할지……."

"연합군에서 지원한 것은 연합군의 재산입니다. 여왕께서 고마워해야 할 것은 아니죠."

"그런가요?"

싱그러운 미소를 지어 보이는 그녀에게 하진이 말했다.

"앞으론 돈 걱정 하지 말고 민생을 구제하는 데 힘써주시기 바랍니다. 나중에 우리 연합군의 영토가 넓어지면 당신이 전담해서 그들을 구제하는 데 주력해 주시고요. 하실 수 있겠습니까?"

"저는 사람이 굶고 힘들어하는 것이 싫어요. 정당한 땀의 대가를 위해 힘들어하는 것이라면 얼마든지 찬성이지만 억압에 의해 고통 받는 것은 있어선 안 된다고 생각합니다."

"그래요, 그런 사람들이 없어지는 날을 위해 당신이 일해 주시는 겁니다."

하진은 연합군 내에 복지부를 만들고 그곳의 장관으로 릴리스를 임명하여 그녀가 고아나 미망인, 노약자 등을 위해서 일할 수 있도록 하는 제도를 정비하는 중이다.

아마 연합 군정의 군세가 조금만 더 안정된다면 그녀의 활동 반경이 지금보다 훨씬 더 넓어질 것이다.

하진은 그녀에게 자신이 황금을 채워놓은 왕궁의 지하 금고 열쇠를 건넸다.

"가지고 계십시오. 엘프족 샤먼과 그리핀들이 24시간 감시하고 있는 금고입니다. 이곳에서 필요할 때마다 금을 꺼내서 쓰십시오. 아마도 나라를 재건하는 데 돈이 꽤 많이 들어갈 겁니다."

"고맙습니다. 최선을 다해서 재건해 보겠습니다."

이제 하진은 다시 자신의 애마에 올라탔다.

"그럼 우리는 다시 서쪽으로 가보겠습니다. 다시 돌아올 때까지 건강에 유의하십시오.”

“벌써 가시는 건가요?”

“지체할 시간이 없습니다. 아케인 왕국이 병력을 파견하기 전까지 더 많은 사람을 해방시키고 전선을 넓혀야 합니다. 그래야 자유민들이 더 풍족하게 먹고살 수 있지요.”

“그렇군요.”

어쩐지 아쉬운 표정을 짓는 그녀에게 하진이 말했다.

“만남이 있으면 헤어짐이 있고 인연이 있으면 다시 만나는 법입니다. 우리는 한 번 보고 말 사이가 아니니 조만간 다시 만날 기회가 있을 겁니다.”

“그래요, 기다리고 있을게요.”

“그럼 저는 이만……”

이윽고 말을 달려 군부를 향하는 하진을 바라보며 그녀가 빙그레 미소를 지었다.

‘저 사람은 저 사람대로, 나는 나대로 할 일이 있어.’

이제 그녀는 누구에게도 의지하지 않고 스스로의 길을 개척할 때를 맞이했다.

그녀의 본격적인 홀로서기가 시작된 것이다.

*   *   *

아케인 왕국의 식민지가 해방되었다는 소식에 헤이슨 제

국과 아시스 연합국의 식민지들 역시 해방의 손길을 기다린다는 뜻을 표명하였다.

지금 당장 혁명을 일으킬 기반은 가지고 있지 않았지만 드래곤 연합군이 이들에게 힘을 실어주기만 한다면 충분히 총독군을 몰아내고 연합군에 가입할 의지를 가지고 있었다.

하진은 그 두 번째 해방지로 아시스 연합국의 식민지인 테세라 왕국을 지목했다.

테세라 왕국은 동부 대륙 중서부 지역의 중요 군사 지역으로, 아시스 연합국에겐 노른자위 땅이나 마찬가지였다.

이곳의 해안선을 따라 늘어선 아시스 연합국의 해안포대는 불길의 해변이라고 불릴 정도로 엄청난 화력을 자랑하였다.

하지만 이들의 해안포 역시 신형 아이언 캐넌에 비하면 그리 위협적인 무기라고 볼 수 없었다.

하진은 25척의 전함을 이끌고 테세라 왕국의 불길의 해변 앞에 진을 쳤다.

쏴아아아!

오늘따라 유난히 파도가 높아서 함대가 일렬로 출렁이고 있었지만 드래곤 연합군에겐 큰 문제가 되지 못했다.

에밀리아가 통제하는 사격선은 매우 일정하기 때문에 바다가 요동을 친다고 해서 적중률이 떨어지거나 불안정하지 않았다.

오히려 적군의 해안포가 선박을 제대로 타격하기 힘들어지기 때문에 방어에 취약해지는 면이 있었다.

하진은 이곳에 배를 일렬로 세워놓고 쉴 새 없이 포격을 퍼붓도록 명령했다.

펑펑펑!

신형 아이언 캐넌의 사거리와 아시스 연합국의 해안포 사거리는 대략 세 배 정도 차이가 나니 드래곤 연합군의 일방적인 공격으로 개전된 것이나 마찬가지였다.

하진은 엘프족 샤먼들의 도움을 받아 물속에서 숨을 쉴 수 있는 마법을 부여 받았다.

우우우웅!

신성한 보호막으로 감싸인 하진의 몸은 같은 마법을 부여받은 군사 500명과 함께 바다 속을 유영하고 있었다.

촤륵, 촤륵!

잠수한 상태에서 조류를 타고 헤엄친 하진은 대략 한 시간 만에 테세라 왕국 서부 해안에 닿을 수 있었다.

서부 해안에는 이곳에서부터 테세라 왕국의 왕도까지 이어지는 길고 험준한 산맥이 있는데, 이곳을 따라 움직이면 해안포 진지를 모두 무력화시킬 수 있을 것이다.

아시스 연합국은 전면전에는 아주 강한 면모를 보이지만 국지전에는 상당히 취약한 모습을 보였다.

이들은 총 일곱의 영주가 한 개의 연합 왕좌를 떠받들고 있는 형국인데, 그 군대는 일곱 개의 강력한 세력이 응집하여 하나의 군력을 형성하고 있었다.

이미 하나로 합쳐진 중앙 군정은 아주 강력한 힘을 가지고 있었지만 나머지 지역 방위대는 중앙 군정의 영향력에서 다소 멀어져 있기 때문에 군기가 조금 문란한 감이 있었다.

때문에 국지전이 일어났을 경우 적절히 대비하기가 힘들었다.

하진은 이 점을 노리고 아시스 연합국의 식민지를 먼저 타격하고 테세라 왕국을 점령하기로 한 것이다.

그는 뭍으로 올라와 적의 해안포 진지 뒤편으로 군사를 돌려 한꺼번에 습격하기로 했다.

총 1,500개의 진지가 모여 있는 불길의 해안은 반도의 형태를 하고 있으며, 매일 해무가 짙게 껴서 새벽에는 바로 앞을 구분하기도 힘들었다.

하진은 500명의 병사를 다시 백 개의 분내로 나누어 500개의 해안포 진지를 15개씩 분담하기로 했다.

"15개를 모두 점령하자면 꼬박 하루가 걸릴 것이다. 한 개 분대에 총 10㎞의 해안선을 할당해 줄 테니 이틀 안에 점령할 수 있도록."

"예, 알겠습니다!"

15개의 해안포 진지를 점령한다는 것이 그리 쉬운 일은 아니었지만, 이미 하진의 군대는 150명의 기사와 정예 병력으로 구성되어 그 위력은 15개의 해안포 진지를 점령하는데 큰 무리가 없을 것이다.

"자, 그럼 각자의 위치로!"

"위치로!"

신속하게 지정된 구역을 향해 흩어진 병사들을 바라보던 하진이 부관 해리슨에게 말했다.

"우리도 이제 슬슬 움직이자. 첫 번째 진지를 점령하는 동시에 봉화나 마법 전서통 등을 전부 불태운다. 다음 진지로 절대 기별이 가면 안 된다는 말이다."

"예, 대장님!"

하진은 드래곤 아이를 아주 작은 단검 형태로 바꾸었다.

스스스스!

이제 이 단검은 하진이 원하는 대로 날아다니면서 적들을 효과적으로 사살할 것이다.

그는 침입조 세 명과 경계조 두 명을 데리고 첫 번째 해안포 진지 안으로 들어갔다.

파바바밧!

대략 5평 남짓한 해안포 진지에는 지하실 가득 포탄이 저장되어 있었고 총 2문의 해안포가 자리 잡고 있었다.

아시스의 군사들은 계속되는 포격에 잔뜩 겁에 질려 있는 상태였다.

쾅쾅쾅!

"…또 시작이군. 도대체 언제까지 저렇게 퍼부어댈 생각이지?"

"이러다가 진지가 모두 날아가 버리겠어."

"그나마 진지로 정확하게 포격을 날리지 못하는 것이 다행이야. 만약 그렇지 않았다면 진즉 우리가 설 곳을 잃어버렸을 거야."

테세라 왕국에 집중된 병력만 무려 1만에 이르지만 삼면이 모두 바다인 이곳의 특성상 병력이 한 곳으로 집중되기가 힘들었다.

원래 서부 반도 지대에 투입되어야 할 병력은 8천이 넘어야 하지만 지금은 그 절반도 못 미치는 수준이었다.

병사들의 사기가 점점 떨어지는 것은 어쩌면 당연한 일이었다.

한 개 포대에 대략 7~8명쯤 되는 병력이 상주하고 있지만 절반은 반나절 동안 자고 절반은 해안가만 바라보고 있어서 사주경계는 어려운 실정이었다.

그나마 가끔씩 돌아다니는 경계병마저 없어진다면 진지는 그야말로 무방비 상태나 마찬가지였다.

아시스의 포병들이 진지 안에 가만히 처박혀 있을 동안, 하진은 그 입구에 대기하면서 세 명의 병사로 하여금 정찰병을 제거할 수 있도록 했다.

펑펑펑!

포탄 터지는 소리만 가득하던 해안가에 사람 비명 소리가 들렸다.

"커흑!"

"······?!"

"지금이다!"

하진은 정찰병이 죽는 소리가 들리자마자 아시스의 포병들을 일격에 제압해 버렸다.

그는 손잡이가 거꾸로 가게 하여 잡은 단검을 집어 던졌다.

휘리리리릭!

드래곤 아이는 빙글빙글 회전하면서 하진이 원하는 적 세 명을 한꺼번에 베어버렸다.

촤라라락!

"쿨럭쿨럭!"

"···됐다. 이제 내무실에서 쉬고 있는 놈들만 제거하면 끝이다. 신속하게 움직이자."

"예!"

하진은 포대 병력을 제거한 후 코를 골며 잠에 빠져 있는 병력 네 명을 일격에 베어버렸다.

퍽퍽퍽!

"으윽!"

"목표물을 제거했습니다!"

"좋아, 해안포는 파괴시키고 진지는 그대로 살려둔다."

"예!"

거버가 개발한 휴대용 폭렬탄을 해안포 포구 안에 집어넣은 병사들이 대피 신호를 보냈다.

"폭탄에 불이 붙었다!"

"어서 가자!"

퍼엉!

포구가 일그러져 사용하지 못하게 된 해안포는 추후에 모두 다 수거하여 고철로 재활용하게 될 것이다.

해안포를 무력화시킨 하진은 병사들을 이끌고 다음 진지로 향했다.

＊　　　　＊　　　　＊

다음 날, 하진이 쥐도 새도 모르게 제압한 해안 진지 500개가 드래곤 연합의 수중에 떨어졌다.

이제 이곳에는 구형 아이언 캐넌을 배치하고 추후에 개량된 포로 대체할 것이다.

테세라 왕국 서부 해안을 점령한 하진은 이곳에 전진기지를 건설하고 곧바로 중앙 군부를 타격하기 위해 유격전을 준비했다.

아시스 연합국이 위치한 서부 대륙의 북부 지역은 대부분이 넓은 초원인 데다가 산지가 드물어서 유격전에 대한 경험이 거의 전무한 상태였다.

하진은 2천의 군사를 선별하여 유격전을 펼치고 나머지 군사들로 하여금 포대를 이끌도록 지시했다.

테세라 왕국의 중앙을 가로지르는 휴즈 산맥의 중간까지 걸어간 하진은 적의 병영이 있는 곳을 지도에 표시해 보았다.

이시스 왕국군은 말과 함께 생활하는 것이 습관처럼 배어 있기 때문에 군부의 막사가 전부 성 밖에 있는 것이 특징이었다.

전투가 일어나면 성벽 안으로 피신하는 것이 일반적이기 때문에 지금은 성 밖에서 전열을 가다듬고 있을 것이다.

하진은 엘프족 샤먼들이 가지고 온 정보를 토대로 작전을 짰다.

"정보에 의하면 적의 1군과 2군, 3군이 모두 다른 곳에 주둔하고 있다고 한다. 그러니 우리는 1군을 먼저 접수하고 다시 산맥으로 올라와 2군과 3군을 처리하게 될 것이다."

"1군의 병력은 얼마나 됩니까?"

"대략 4천이다."

"으음……."

"우리와 대략 두 배 차이가 나지만 이미 포병들이 성벽을 두드리고 있으니 정신이 없을 것이다. 그 틈을 타서 공략하면 일이 한결 쉬워지겠지."

하진은 케레니슨에게 첩자에 대해 물었다.

"왕국 안으로 들여보낸 첩자는 어떻게 되었나?"

"안 그래도 지금 국왕파 신하들과 접촉하고 있다. 아마 지금쯤이면 의사 타결이 되어 이곳으로 돌아오고 있거나 죽었거나 둘 중에 하나겠지."

"좋아, 그럼 첩자가 돌아오고 난 후에 유격전을 벌이도록 하자."

"알겠다."

케레니슨의 부하이자 영지군 천인대장인 보거슨은 혈혈단신으로 테세라 왕국 안으로 잠입했다.

그의 잠입, 암살 실력은 하진도 인정할 정도이기에 군부에서 그에게 거는 기대가 컸다.

하진은 병사들을 잠시 쉬게 하고 계속해서 전방을 주시하며 보거슨을 기다렸다.

*   *   *

같은 시각, 보거슨은 국왕파 신하 열 명과 대면하고 있었다.

국왕파 신하들은 아시스 연합국의 부총독이 수집했다는 소식을 듣고 모여들었다가 너무나도 뜻밖의 인물과 마주하게 되어 당혹감을 감추지 못했다.

그러나 자신들의 나라를 해방시키겠다는 보거슨의 제안에 심각하게 고민하지 않을 수 없었다.

"…그러니까 우리를 해방시켜 당신들의 연합에 가입시켜 주겠다는 겁니까?"

"이미 이슈리아에선 국가 재건 사업이 한창입니다."

"그에 대한 자금은 어떻게 하실 생각입니까?"

"자금은 우리가 충당합니다."

"흐음……."

"만약 당신들이 욕심만 버린다면 우리와 함께할 수 있을 겁니다."

"욕심이라… 우리가 무엇을 버릴 수 있단 말입니까?"

"당신들이 가진 재산과 직위를 모두 내려놓으십시오. 그리고 오로지 나라의 관리로서 녹봉만 받고 살아가십시오."

"……."

"그것이 싫다면 지금처럼 아시스 연합국의 노예로 살아가야 할 겁니다."

귀족들에게 모든 재산을 버린다는 것은 생각보다 쉬운 일이 아니다.

자신이 가진 영토와 작위, 재산까지 전부 버린다면 일반 평민과 귀족이 별반 다를 것이 없어지기 때문이다.

이슈리아의 신하들은 혁명가 기질을 가진 공주 덕분에 큰 영향을 받았지만 이곳 테세라 왕국은 달랐다.

테세라 왕국은 국왕이 거의 오늘내일하는 시국인 데다 왕자가 줄줄이 다 죽어버린 탓에 왕가 자체가 힘을 낼 수가 없었다.

때문에 신하들이 왕가 대신 나라를 통치하고 있는 실정이며, 왕정파의 반대인 귀족파 관료들은 전부 매국노들이었다.

왕정파 귀족들이라고 그리 청렴한 사람들은 아니었지만 그나마 생각이 깨어 있는 사람들이었다. 하지만 그들이라고 귀족적인 습관이 몸속 깊이 배지 않은 것은 아니었다.

"…생각할 시간을 좀 주십시오."

"30분 드리지요. 그 이상은 우리도 곤란합니다."

"나라의 명운을 결정하는 데 어찌 30분 만에 의사 타결이 되겠습니까?"

"만약 불가능하다면 하는 수 없지요. 테세라 왕국을 에둘러 진격하는 수밖에요."

"……."

보거슨은 더 이상 이곳에서 일분일초도 지체할 수 없다고 생각했다.

"그럼 저는 이만……."

"자, 잠깐! 이렇게 그냥 가시면 우리는 어떻게 하란 말입니까?"

"그래서 기회를 드렸잖습니까? 기회를 저버린 사람들까지 끌어안을 만큼 우리는 한가한 사람들이 아닙니다."

"…이게 무슨 기회입니까? 그저 일방적인 통보지."

"그래요. 통보라고 볼 수도 있지요. 하지만 지금과 같이 긴박한 상황 속에서도 탁상공론이나 하고 있다면 나라가 어떻게 되겠습니까?"

"탁상공론이라니요? 우리는 백성들을 생각하여……."

"됐습니다. 더 이상 말을 섞을 시간조차 아깝군요. 그럼 저는 정말로 갑니다."

보거슨이 협상의 여지조차 주지 않고 돌아서자 왕정파 귀족의 수장 니벨린 백작이 그를 붙잡았다.

"잠깐! 잠깐만 기다려 주십시오!"

"자꾸 이러시면 곤란합니다."

"연합에 가입하겠습니다. 그러니 가지 말고 기다려 주십시오."

"배, 백작, 아무리 급해도 이렇게 쉽게 아시스 연합국을 등지는 것은……."

"그래요. 무리가 있겠지요. 하지만 무리 없이 자유를 쟁취한 나라는 그 어디에도 없습니다. 그것은 아마 여러분도 익히 잘 알고 있으리라 생각합니다."

"흐음……."

"더 큰 그림을 봅시다, 지금 당장 아시스의 군대가 무서워 움츠려 들기보다는 이곳까지 자유를 위해 위험을 무릅쓰고 달려온 저들을 생각합시다. 천하무적이라는 아시스 연합 왕국의 군대를 뚫어낸 저들의 힘을 믿어보자는 말입니다."

니벨린 백작은 보거슨에게 자신의 가문을 상징하는 인장을 건넸다.

"받아주시지요. 우리 왕정파 귀족은 당신들에게 몸을 의탁하겠습니다."

"좋습니다. 삼 일 내로 당신들의 땅을 수복해 드리겠습니다. 하지만 그 과정에서 피를 흘리는 것은 비단 우리 연합군만은 아닐 것입니다. 희생이 없는 혁명은 없습니다. 그것만은 알아주십시오."

"물론입니다. 내 목숨을 내어놓으라면 기꺼이 내어놓겠으니 부디 우리 백성만큼은 꼭 지켜주시기를 바랍니다."

"그래요. 모든 것은 백성을 위하는 것, 그들을 위한 전쟁을 치르겠습니다."

보거슨은 니벨린에게 드래곤 연합을 상징하는 깃발을 건넸다.

"이것을 성벽에 내걸고 왕국 내의 모든 병력을 동원하여 왕도의 전후좌우 성문에 배치하십시오. 우리가 저들 세 개의 군을 칠 때 함께 돌격하여 퇴로를 차단해 주셔야 하니까요."

"잘 알겠습니다."

"내일 자정입니다. 내일 자정 성벽에 깃발이 내걸리면 우리가 일제히 돌격하겠습니다."

"후우, 긴장되는군요."

"긴장할 것 없습니다. 그저 아무런 생각 없이 계획에 따르기만 하면 됩니다."

"그래요."

니벨린은 긴장감이 역력한 표정이었지만 나머지 왕정파 귀족들은 이미 물은 엎질러졌다는 듯한 표정이다.

"…한번 해봅시다. 까짓것, 죽기밖에 더하겠습니까?"

"그래요, 해봅시다!"

드디어 테세라 왕국에도 혁명의 물결이 조금씩 일기 시작하는 듯하다.

*　　　*　　　*

다음 날 자정.

하진은 후방 포대를 전담하고 있는 부대를 제외한 모든 병력을 총동원하여 1군을 제압하기로 했다.

보병이 1군을 제압하는 동안 포병이 숲속에서 2군과 3군을 상대하고, 1군을 제압한 보병이 작전을 끝내면 마지막으로 패주하는 2군과 3군을 소탕하는 것이 이번 작전의 개요였다.

하진은 거대한 헬버드로 변신한 드래곤 아이를 손에 꼭

쥐었다.

스스스스스!

현재 하진의 레벨은 130. 1차와 2차, 3차 전직을 생각하면 지금의 레벨은 거의 200에 육박한다고 볼 수 있었다.

원래 무한의 영주에서 3차 전직 레벨 130을 달성하자면 3년을 꼬박 게임에만 매달려야 하지만 지금은 사정이 달랐다.

하루가 멀다 하고 전쟁과 사냥으로 쉬는 날이 없던 하진은 현실에서 게임의 벽을 허물어 버린 것이다.

게다가 레서 드래곤과 같은 엄청난 몬스터들을 사냥하면서 그의 레벨은 거의 폭발적으로 올라가 있었다.

이제 그의 스킬트리에 있는 공격계 스킬은 전부 마스터가 되어 있고 이제 남은 것은 패시브 스킬 몇 개뿐이었다.

하진이 전투태세를 갖추고 나니 그의 발밑에는 다섯 가지 색의 마법진이 점멸하며 일정한 시너지를 뿜어내고 있다.

휘하의 장수들과 기사들을 포함한 군대의 전 병력이 그의 마법진에게서 패시브를 받아 공격력과 타격 저항, 마력 저항, 체력, 마나의 증폭이 차례대로 이어지고 있었다.

하진의 패시브가 더해지고 나면 군대에겐 130포인트의 능력치가 더해지기 때문에 엄청난 시너지 효과가 있는 셈이다.

2천의 병력으로도 1만의 적을 궤멸시킬 수 있을 것이다.

잠시 후, 하진은 성벽에 내걸린 골드 드래곤 깃발을 확인했다.

"…움직이자!"

"예!"

아주 조용하고 기민하게 움직인 하진의 군대는 적의 턱밑까지 진격하였다.

네피림의 마법사들은 얼음으로 만들어진 아주 작고 조용한 살수들을 풀어 경비 병력을 모두 제거해 버렸다.

샤샤샤샤샥!

대략 5㎝에 달하는 얼음 난쟁이들은 아주 날카롭게 벼려진 창으로 막사 앞을 지키는 경비 병력을 모두 다 사살했다.

촤락!

"쿨럭쿨럭!"

방어를 위한 장애물이 있긴 했지만 경비 병력이 모두 다 사망하고 나면 그마저도 무용지물이 될 것이다.

하진은 네피림 마법사들이 만들어놓은 헤이스트 포션에 용언을 더했다.

휘이이이잉!

잠시 후, 헤이스트 포션에 바람의 기운이 서리면서 2천 명의 병사에게 적용되는 마법 포션이 완성되었다.

그는 바닥에 헤이스트 포션을 집어 던졌다.

쨍그랑!

포션의 약 기운이 땅바닥에 퍼지면서 하진을 따르는 전 병력의 행동이 두 배로 빨라졌다.

하진은 여기에 사령관 전용 버서커 포션을 마셔 1.5배의 행동력을 더해주었다.

파바바밧!

인간이라고는 전혀 믿어지지 않을 정도로 빠른 그들의 걸음은 순식간에 적진의 입구까지 도달하도록 만들어주었다.

하진은 자신의 앞에 적병들의 시신이 보임에 따라 본격적인 전투 준비를 갖추었다.

"다섯 명이 한 개 조로 나누어 적의 막사로 침투한다!"

"예!"

4천 명이 넘게 주둔하고 있는 적진이지만 이들이 잠들어 있는 사이에 기습한다면 큰 손해를 보지 않을 것이다.

헤이스트를 비롯한 각종 버프에 힘입어 행동력이 대폭 상승한 병사들이 보이는 족족 적들을 사살하기 시작했다.

푸욱!

"쿨럭쿨럭!"

"웨, 웬 놈들이냐?!"

"그건 죽어서 저승사자에게 물어보거라!"

퍽퍽퍽!

하진은 막사를 타고 흘러내리는 피를 밟고 적의 사령관이 기거하고 있는 중앙 막사로 빠르게 내달렸다.

아시스의 군대는 아직까지 해안포대가 점령되었다는 사실을 모르고 있기 때문에 사령관까지 정신을 놓고 있었다.

하진은 지휘관 막사를 향해 헬버드를 힘껏 휘둘렀다.

"으랏차차!"

서걱!

드래곤 아이에서 뿜어져 나온 마력과 검기, 용언이 섞이면서 지휘관 막사를 일도양단해 버렸다.

촤라라라락!

"끄아아아악!"

아시스 제1군 사령관은 자신이 왜 갑자기 죽었는지조차 알 수 없어 아리송한 표정을 지은 채 죽었다.

하진은 지휘관이 죽자마자 그 목을 베어 높이 들었다.

"드래곤 연합 만세!"

"와아아아아아!"

"죽어라!"

병사들의 함성 소리가 들리자마자 제1군은 더욱 빠르게 주살되어 4천의 병력이 죽는 데 채 한 시간이 걸리지 않았다.

그나마 기사들이 잠에서 깨어나 병장기를 꺼내 들었으나 일개 기사의 무력이 말단 병졸의 발끝에도 미치지 못했다.

"명예롭게 죽겠다!"

"미친놈, 명예 같은 소리 하고 자빠졌네!"

병졸들은 기사의 몸통을 창으로 무참히 꿰뚫어 버렸고, 그는 찍소리도 내지 못한 채 죽어버렸다.

하진은 순식간에 정리되어 버린 전장을 한 바퀴 돌아보았다.

"도망자는?"

"없습니다."

"좋아, 지금 당장 숲에 주둔하고 있는 포대에게 사격 명령을 내려라."

"예!"

하진의 명령에 따라 하늘 높이 파란색 불화살이 튀어 올랐다.

피융!

포격 신호가 떨어지고 나자 숲속에선 신형 아이언 캐넌이 불을 뿜기 시작했다.

펑펑펑, 콰앙!

2군과 3군의 진영은 지금쯤 난리가 났을 테니 하진이 진격하여 그들을 정리하기만 하면 되는 것이다.

그는 보거슨에게 성 내부의 작전 상황에 대해 물었다.

"테세라 왕국군의 동태는 어떠한가?"

"지금 성문을 굳게 닫고 적이 들어오기만을 기다리고 있답니다."

"백성들은?"

"청년들로 구성된 해방군이 조직되어 총독군 관저를 습격하고 있다고 합니다."

"으음, 좋아. 이로써 테세라 왕국도 해방의 물결에 함께 동조하게 되었군."

하진은 지체할 새 없이 병력을 이끌었다.

"가자! 수도의 후방으로 간다!"

"와아아아아!"

2천 명의 병사들이 하진을 따라 적진으로 향했다.

제4장
협상안

　중앙 대륙 북서부 지역으로 아케인 왕국의 공주 아이린 부부를 수행하는 행렬이 이어지고 있다.

　혼례를 치르고도 신혼여행을 못 간 아이린 부부는 남편 에네스의 고향인 중부 대륙으로 잠시 여행을 떠나기로 한 것이다.

　지금 중앙 대륙 중서부 지역을 기점으로 전쟁이 한창이긴 하지만 북서부 지역은 아케인 왕국군이 꽤 오래전부터 다스리던 곳이기에 전면전에서 안전할 수 있었다.

　다그닥다그닥!

　천천히 마차를 몰아가던 에네스가 마차 안의 아이린에게

말했다.

"마차가 불편하지는 않습니까?"

"저는 괜찮습니다. 그보다 우리가 이런다고 정말 전쟁이 일어나긴 할까요? 나는 왕실에서 손톱만큼도 영향력이 없는 사람인데 말입니다."

"영향력이 있고 없고는 중요하지 않습니다. 당신이 왕족이라는 사실만이 중요할 뿐."

"큭……."

"아케인 왕국은 전 세계 어느 국가보다 왕족에 대한 자존심이 높은 곳입니다. 아무리 폐하께서 공주를 탐탁지 않게 생각하신다고 해도 자존심 때문에라도 절대 가만히 있지는 않을 겁니다."

"그렇군요."

에네스는 아이린에게 함께 전쟁을 일으켜 권력의 정점에 서자고 제안했고, 그녀는 에네스의 말에 따르기로 했다.

그녀가 생각하기에 자신의 영향력으론 전쟁을 일으키기가 쉽지 않겠지만 그 확률이 10%만 되어도 충분히 목숨을 걸 만하다고 생각했다.

여자의 몸으로, 그것도 왕실에서 곱게 자라난 아이린이 과연 그 모진 길을 버틸 수 있을지 의문이지만 이번 작전이 성공하게 되면 에네스는 군에서 요직을 맡게 될 것이다.

부마가 죽을 뻔한 공주를 살려서 왕국으로 생환하였고,

그 복수심으로 전쟁에 참전한다고 선언하면 결코 작은 자리가 떨어지지는 않을 것이다.

에네스는 이번 전쟁으로 라이오니슨의 오른팔이 되고 더 나아가선 군부의 실세가 될 생각이다.

만약 그가 가진 데스로드의 능력을 전쟁에서 십분 활용할 수만 있다면 대장군 자리를 넘보는 것도 무리는 아닐 것이다.

'두고 봐라. 헤이슨 제국의 허리를 아주 반토막 내버릴 것이다.'

현재 중앙 대륙의 주둔 병력이 조금씩 감소하고 있는 와중에 에네스가 헤이슨 제국의 주둔 병력을 모두 다 쓸어버린다면 헤이슨의 발등엔 불이 떨어질 것이 분명했다.

양쪽 열강의 소모전은 아시스 연합 왕국과 신성 제국에겐 아주 희소식이 되겠지만 두 왕국도 세계대전의 소용돌이 속에 있으니 걱정할 것은 없었다.

그는 이곳으로 오는 길에 정보 길드에서 금화 100냥을 주고 산 정보들을 읽어보았다.

―헤이슨 제국에서 황태자 유배 사건이 일어났음. 이종족인 엘프족 노예의 밀반입과 성노예 밀수의 죄를 물어 남부의 무인도로 유배되었다고 함.

현재 황제와 내명부의 대립이 극에 달하고 있어 정세가

꽤 어지러운 상황임.

　―신성 제국의 성물이 사라졌음. 신성 제국의 유일신 종교를 상징하는 성물이 사라짐에 따라 성기사단의 혼란이 가중될 예정임. 지금까지 일어난 이적이 모두 성물 덕분이라 추정. 이것을 찾지 못하면 신성 제국의 이름이 무너져 내리면서 제국이 분열될 가능성이 있음.

　―아케인 왕국을 비롯한 열강들의 식민지가 모여 있는 동부 대륙 동부 지역을 시작으로 중서부 지역까지 꽤 넓은 지역이 드래곤 연합의 손에 의해 넘어갔음.
　아시스 연합국의 병력 1만이 궤멸 상태에 있으며 서부 반도가 드래곤 연합의 수중으로 떨어졌음.

　에네스가 지금 군이 전쟁을 일으키려는 것은 헤이슨 제국의 상황이 그다지 좋지 않은 데다 신성 제국에 내분 조짐이 보이기 때문이었다.
　문제는 아시스 연합국이 과연 어떻게 움직이는가 하는 것이지만, 그들은 전면전이 아니면 군사를 유동적으로 움직이기가 힘들어서 신경이 분산될 것이 뻔했다.
　전쟁의 도화선에 불을 붙이자면 지금보다 더 좋은 기회가 없었다.

'이것은 하늘이 주신 기회다. 나같이 불쌍한 놈이 아케인 왕국의 실세가 될 기회는 두 번 다시 오지 않을 것이다.'

그는 헤이슨 제국의 첩자와 약속한 지역에 도착했다.

에네스는 북서부 지역 협곡 지대 입구에 걸려 있는 검은색 깃발을 발견하곤 아이린에게 드디어 때가 왔음을 알렸다.

"마음 굳게 먹어야 합니다. 당신의 목숨은 내가 기필코 지킬 것이지만 심적인 상처는 어찌할 수가 없을 테니까요."

"걱정하지 마세요. 지금까지의 삶보다 더 큰 곤욕은 있을 수 없을 겁니다."

"…앞으론 그런 곤욕을 겪지 않을 겁니다. 내가 당신을 왕국의 실세로 만들어줄 테니까요."

공주와 부마가 왕국의 실세가 되는 경우는 아케인 왕국은 물론이고 전 세계 모든 국가를 통틀어 한 번도 없었다.

만약 에네스의 야심이 통한다면 두 부부는 대륙 최초로 공주가 실권을 잡는 사례가 될 것이다.

그는 헤이슨 제국의 병력이 매복하고 있을 지점까지 천천히 마차를 몰다가 빨간색 깃발이 달려 있는 협곡에서 잠시 멈추어 섰다.

"이보시오, 호위대장."

"예, 부마 나리."

"이곳에서 잠시 쉬었다가 가는 것이 어떻겠소? 내 아내가 조금 피곤해하는 것 같소만."

"이런, 공주께서 피곤하시다니 당연히 길을 멈추어야지요. 지금 당장 숙영지를 편성하고 병사들을 재배치시키겠습니다."

"그리해 주시오."

공주 부부의 별궁을 호위하는 왕녀 호위대장 젝필슨 준남작은 왕국에서 열 손가락 안에 드는 최고의 검객이다.

하지만 오늘부로 열 손가락에서 하나가 빠져 앞으론 왕국의 십 대 검객은 구 대 검객으로 바뀔 것이다.

100명의 병사들이 행낭을 풀고 숙영을 준비하던 바로 그때, 무려 3천의 병력이 협곡에서 갑자기 모습을 드러냈다.

쫘드드득!

척!

일사불란하게 매복지에서 일어선 궁수 1천 5백이 사정없이 화살을 쏘았다.

"발사!"

핑핑핑핑!

퍽퍽!

"끄아아악!"

"매복이다! 전군, 전투태세를 갖추어라!"

"충!"

왕녀 호위대는 근위대에서도 검술과 창술이 출중한 병사

들만 선발하여 만든 특수부대이기 때문에 3천의 병력이 둘러싼다고 해도 위축되는 법이 없었다.

일당백의 기세로 공주의 마차를 중심으로 몰려든 왕녀 호위대는 사각 방패로 방패진을 만들었다.

철컹!

"우리는 이곳에서 죽는다! 하지만 명예롭게 죽을 것이고, 우리의 이름은 역사에 길이 남을 것이다!"

"우워어어어어!"

무려 30배 이상 차이가 나는 병력 앞에서도 바짝 오른 사기를 잃지 않는 그들에게 헤이슨 제국의 기마대 500명이 돌격해 왔다.

두구두구두구두구!

"이랴! 모두 다 밀어버려라!"

"와아아아아아!"

사방에서 들이치는 기병들을 바라보던 젝필슨이 검을 뽑아 전방으로 일격을 쳤다.

"허업!"

번쩍!

사람의 눈으론 도저히 따라갈 수조차 없는 그의 일격은 극쾌의 검기를 뽑아내는 절세무쌍의 검술이었다.

서걱!

"끄허어억?!"

"이런 빌어먹을!"

첫 번째 열이 검기에 의해 무너져 내리자 그다음 열이 낙마하면서 대열이 점점 흐트러지기 시작했다.

젝필슨은 방패를 든 80명의 병사들 뒤에 숨어 있는 궁수들에게 사격 명령을 내렸다.

"궁수, 사격 준비!"

"준비!"

"발사!"

핑핑핑!

단 20명의 병사들이 쏘아낸 화살이지만 그것들은 아주 정확하게 적의 이마에 날아가 박혔다.

퍽퍽퍽!

"컥!"

"쉬지 말고 쏴라!"

"발사, 발사하라!"

헤이슨 제국의 기병들은 전열을 가다듬기도 전에 속수무책으로 병력을 잃어가고 있었고, 이제 보병들이 협곡을 타고 내려올 차례였다.

챙!

"돌격!"

"와아아아아아!"

협곡의 비탈을 타고 내려온 보병들이 왕녀 호위대의 방패

진을 두드리기 시작했으나, 협곡의 특성상 공간이 협소하여 거의 2 대 1의 상황이 펼쳐지고 있었다.

퍽퍽!

"찔러라! 들어오는 놈들을 모조리 찔러 죽여라!"

"충!"

방패로 적들의 파상 공세를 막아내면서 나머지 한 팔로 창을 휘두르는 왕녀 호위대의 전술은 가히 일당백이었다.

더군다나 지붕처럼 만들어진 제2 방패 열을 딛고 올라선 젝필슨은 길고 무거운 대검을 가지고 적들을 보이는 족족 베어버리고 있었다.

푸하아악!

"죽어라! 네놈들은 오늘 이곳을 살아서 빠져나갈 수 없을 것이다!"

"이런 괴물 같은 자식을 보았나?! 궁수, 뭐 하는 것이냐?! 저놈들을 어서 저격하라!"

"예!"

피융!

궁수대 저격수들이 젝필슨의 몸통을 노렸으나, 그는 긴 검을 믿을 수 없을 만큼 빠르게 휘둘러 그것을 막아냈다.

티잉!

"아, 아니?!"

"그런 꼼수론 나를 잡을 수 없다! 네놈들, 오늘 태어난 것을 후회하게 만들어주겠다!"

젝필슨의 별명은 '삭풍검'인데, 그의 검에 걸리면 삭풍에 낙엽처럼 목이 떨어진다고 하여 붙은 별호이다.

헤이슨 제국의 습격대는 첩자의 명령으로 이곳까지 오긴 했어도 삭풍검이 있다는 소리는 미처 듣지 못했다.

"제기랄! 이런 괴물이 이곳에 있다니, 어째서 삭풍검이 있다는 소리는 듣지 못한 것이지?!"

"아무래도 정보 전달에서 문제가 있었던 것으로 보입니다!"

"빌어먹을!"

에네스는 삭풍검 젝필슨을 이대로 죽이기엔 너무 아깝다고 판단했다.

'이놈, 적당히 굴리다가 구해주어야겠군. 이대로 죽여 없애기엔 너무나도 안타까운 인재다.'

그는 젝필슨을 제물로 삼으려다 빼어난 검술에 반하여 그를 부하로 삼는 쪽으로 작전을 변경하기로 했다.

아마도 그것은 아이린에게도 희소식이 될 것이고 그녀에게 있어선 작은 선물이 될 것이 분명했다.

에네스는 마차 안에 앉아 덜덜 떨고 있는 아이린에게 물었다.

"공주 마마, 마마께선 젝필슨 준남작이 살아 있기를 바라십니까?"

"…어지간하면 사람이 죽는 것은 싫습니다. 더군다나 오래 알고 지낸 사람이 죽는다면……."

"그래요. 잘 알겠습니다."

에네스는 전투를 실시간으로 지켜보며 자신이 나설 타이밍을 계산하고 있었다.

＊　　　＊　　　＊

중앙 대륙 협곡 지대 전투가 일어난 지 무려 세 시간 후, 헤이슨 제국의 병사들은 이제 500명 남짓 남아 있다. 그리고 젝필슨이 이끄는 왕녀 호위대는 9명만이 남아 있을 뿐이다.

"허억, 허억!"

"이런 괴물 같은 새끼들, 지독하게도 안 죽는구나!"

"…너희같이 꼼수나 부리는 소인배들에겐 죽어도 죽을 수가 없지!"

"흥, 그래봐야 너희들은 이제 곧 죽을 것이다!"

"길고 짧은 것은 대봐야 아는 법!"

"후후, 그 자신감을 지금 당장 없애주도록 하지!"

잠시 후, 협곡 지대로 엄청난 수의 발소리와 함께 함성이 울려 퍼졌다.

"와아아아아아!"

"구원 병력인가?"

"하하, 지금 너희들을 구원해 줄 구원 병력은 없다! 이미 이곳으로 들어오는 길목에 목책을 쌓고 농성전을 준비해 두었거든!"

"…뭐라?!"

"왕녀는 사로잡아 황도로 압송할 것이다! 그리고 네놈들은 발목을 잘라 개밥으로 삼을 테다!"

젝필슨은 상황이 이렇게까지 악화된 것이 전부 자신의 탓이라고 생각했다.

'애초에 공주 마마를 이런 협곡으로 데리고 오는 것이 아니었다. 다소 험준하더라도 산맥을 이용해서 북쪽으로 가는 편이 좋았다.'

스스로를 자책하고 있던 젝필슨에게 에네스의 목소리가 들렸다.

"준남작, 상황은 어떠하오?"

"…죄송합니다, 나리. 더 이상 어찌해 볼 도리가 없을 것 같습니다."

"그렇소?"

"면목 없습니다!"

젝필슨은 기사로서의 자존심을 굽히지 않으려 애를 썼으나, 무려 2,500명을 베고도 또 몰려오는 1천의 병사들을 베어버릴 자신이 없었다.

제아무리 일당백의 군사들이라고 해도 계속된 전투로 인해 이미 지칠 대로 지쳐 있는 상태였고 그들을 이끄는 젝필슨 역시 이미 한계를 넘어선 지 오래였다.

그는 적장에게 협상을 제안했다.

"이봐, 적장!"

"뭔가?"

"협상을 하자!"

"협상?"

"만약 공주 마마와 부마 나리를 안전하게 헤이슨 제국까지 모셔다 준다면 우리 스스로 자결하겠다."

"후후, 지금 두 사람을 위해 네가 자진하겠다는 건가?"

"그렇다. 피차 아까운 목숨, 더 이상 젊은이들이 죽어나갈 것은 없지 않은가?"

"미친놈이군. 지금 너희들이 협상할 처지라고 보는가?"

"사람의 목숨은 소중하다. 이대로 병사들이 더 죽어나간다면 네 위신에도 분명 금이 갈 터, 이쯤에서 끝내는 것이 좋지 않겠나? 우리는 앞으로 일주일은 더 싸울 수 있다. 만약 여기서 시간을 더 지체하게 된다면 우리의 관군들이 이곳을 뚫고 들어오겠지. 그렇게 되면 너희들은 모조리 죽을 것이다."

"흐음……."

"어떤가? 내 제안을 받아들이겠나?"

적장은 젝필슨의 제안을 받고 난 후 아주 심각하게 그것을 받아들일지 말지를 고민하는 것 같았다.

　아마도 적진 한가운데서 이런 작전을 벌이는 것이 못내 마음에 걸린 모양이다.

　하지만 그런 고민을 한 방에 해결하는 목소리가 들린다.

　"아니오. 멈추시오!"

　"나리……?!"

　"아케인 왕국의 남자는 그 누구에게도 무릎을 꿇지 않소! 그것은 나의 아내 아이린 왕녀 역시 마찬가지요!"

　"하, 하오나……."

　잠시 후, 아이린이 마차에서 불쑥 모습을 드러냈다.

　"맞아요. 이대로 적진으로 끌려가 볼모가 되느니 이곳에서 자결하고 말겠습니다."

　"마마……!"

　적장은 비릿한 미소를 지었다.

　"흐흐, 그놈의 자존심! 하여간 너희 아케인 왕국은 그게 문제야!"

　"문제인지 아닌지는 앞으로 더 두고 봐야 알 일이다."

　"뭐, 그렇다면 네놈들이 죽는 일밖에 더 있겠나? 쓸어버려라!"

　"와아아아아아아!"

　적들의 파상 공세에 대비할 새도 없이 협상안을 잃어버린 젝필슨은 깊은 한숨을 내쉬었다.

'나의 인생은 이것으로 막을 내리려는 모양이다.'

그가 잠시 정신을 놓은 찰나, 적의 화살 열 개가 날아와 팔과 다리, 가슴에 박혔다.

퍽퍽퍽!

"크헉!"

"대장님!"

"쿨럭쿨럭!"

아무래도 폐부에 깊숙이 박힌 듯 그는 숨을 쉴 때마다 조금씩 피를 내뱉고 있었다.

에네스는 지금이 바로 자신이 나설 타이밍이라고 생각했다.

"병사들이여, 내가 후방으로 탈출할 수 있도록 시간을 벌어주겠나?!"

"나리……?"

"그대들에게 죽음을 명령하는 것이 얼마나 힘든 일인지 모를 것이다. 하지만 공주 마마를 지키는 것이 나와 그대들의 사명, 피차 목숨을 버려야 할 것이다."

병사들은 그에게 깊이 고개를 숙였다.

"예, 알겠습니다! 그동안 모시게 되어 영광이었습니다!"

"나 역시."

에네스는 자리에 쓰러져 있는 젝필슨을 말안장에 묶고 자신의 앞자리에 그녀를 태웠다.

행렬의 모든 말이 다 죽었어도 에네스가 몰고 온 말 한 필은 그가 쳐놓은 그림자 결계를 통해 목숨을 보존하고 있었다.

이미 해가 중천에서 뚝 떨어져 뉘엿뉘엿 땅거미가 지고 있었음으로 그는 이제 슬슬 제대로 된 힘을 발휘할 수 있게 된 것이다.

"이랴!"

에네스가 말고삐를 당기자 적장이 화들짝 놀라 그를 잡기 위해 달려들었다.

"저놈을 잡아라!"

"나를 막으면 다 죽는다!"

그는 자신을 향해 달려드는 적에게 듀얼 크로스보우를 검처럼 휘둘렀다.

퍼억!

크로스보우 양쪽에 매달린 낫에 목이 달아난 병사들의 시신이 협곡을 뒹굴 즈음 기병대가 그 뒤를 따랐다.

"쫓아라!"

"이랴! 이랴!"

에네스는 뒤따르는 기병에게 작은 선물을 내려주었다.

스르르르륵.

그의 손에서 나온 작은 그림자가 거대한 전갈로 변하더니

발밑에서 기병대를 잡아 끌어 내렸다

―크하아악!

서걱!

"크허억!"

"이, 이게 뭐야?!"

"괴, 괴물이다!"

적이 혼비백산하여 도망치는 가운데, 에네스는 아주 여유롭게 말을 몰았다.

"좋아, 대략 하루 정도는 시간을 벌었다고 볼 수 있겠군."

지금 도망간 기병대는 아마 산을 에둘러 에네스를 찾기 위해 달려올 것이 분명했고, 두 진영이 마주치는데 걸리는 시간은 하루나 이틀쯤 될 것이다.

그는 이틀 후에 벌어질 전쟁에 대한 기대감으로 벅차올랐다.

'됐다. 이제 절반은 이뤄낸 셈이다.'

이제 이 소식이 왕도에 빨리 닿기를 바라는 에네스다.

＊　　　　＊　　　　＊

이시스 연합 왕국의 식민지로 전락하여 50년 동안 고난을 겪은 테레라 왕국이 해방을 맞이했다.

드래곤 연합군이 들어오는 길에는 꽃가루가 휘날리고 있

었고, 여인들은 늠름한 모습의 군사들에게 시선을 빼앗겼다.

"꺄아아악! 멋져요!"

"가우스트 장군, 만세!"

"와아아아아!"

하진은 식민지에서 혁명 장군으로 불리며 엄청난 인기를 구가하고 있었는데, 드래곤 연합은 이제 그를 간판으로 내세워 더 많은 나라를 모집할 계획이다.

지금까지 그 어떤 나라와도 정략을 맺지는 않았지만 그보다 효과가 좋은 하진의 인기가 있으니 앞으로 동부 대륙의 식민지들은 빠른 시일 내에 하진에게로 돌아설 것으로 보였다.

그는 자신의 머리 위로 휘날리는 꽃가루를 맞으며 측근들에게 말했다.

"이 꽃가루가 어째 어서 더 진군하라는 채찍처럼 느껴지는군."

"원래 사람의 이상은 그 머리로는 가늠할 수가 없는 법, 이제 시작한 해방전쟁은 멈출 수가 없게 되어버렸어."

하진은 앞으로 두 개의 국가를 더 해방시킨 후에 동부 대륙을 하나로 묶고 열강과의 전선을 구축할 생각이다.

그때가 올 때까진 우드림으로 돌아가 전열을 가다듬는 일은 없을 것이다.

하진은 네이튼에게 이곳에서 병사들을 모집하고 신병을

훈련시킬 수 있도록 했다.

"신병 교육대를 설치하고 정병들을 육성하자고. 신병 교육대로 사용할 만한 부지가 있을까?"

"현재 왕성으로 사용되고 있는 성채를 신병 교육대로 사용하면 될 것 같더군. 그곳에는 기사단이 전술을 연습하던 연무장과 막사가 있어."

"규모는?"

"하루에 수백 명이 돌아가면서 훈련을 할 수 있을 만큼 크더군. 확장 공사를 마치면 아마 천 단위 군사훈련이 가능하지 않을까 싶어."

"좋아, 갖출 것은 다 갖추었군. 앞으로 이곳을 신병 교육대로 지정하고 병사들을 훈련시키도록 하자고."

"알겠다."

하진이 테세라 왕국의 중심부로 들어오자 왕정과 귀족들이 그의 앞에 무릎을 꿇었다.

"새로운 왕을 뵙습니다!"

"왕이라… 저는 왕이 아닙니다. 그저 해방군의 수장일 뿐이지요."

"나라는 왕가가 근간이 되어야 하는 법, 당신께서 우리를 해방시켜 주셨으니 당연히 왕이 되어야 합니다."

그는 고개를 가로저었다.

"앞으로 이 나라는 국민이 주인인 나라, 자유를 추구하는 집단으로 거듭날 겁니다."

"국민이 주인이라……."

"이제 이 나라에는 왕이 없는, 국민과 그들을 보필하고 나라의 살림을 맡을 관료들만 존재할 뿐입니다. 만약 나를 중심으로 왕위를 옹립하겠다면 나는 이 나라에 공화정을 설치하고 입헌군주제를 채택할 겁니다."

귀족들은 그저 제왕학의 일부분에 지나지 않는 것으로 치부되었던 입헌군주제를 처음으로 접하게 되었다.

설마하니 하진이 왕위를 거절하고 공화정치를 실시할 것이라곤 전혀 생각지도 못한 모양이다.

"약속대로 귀족들의 재산을 모두 내어놓고 국민의 나라를 만들 겁니다. 그렇게 하자면 특권을 가진 왕가부터 유명무실하게 만드는 것이 우선입니다."

"하지만 그렇게 하자면 지금의 제도를 모두 혁파하고 새로운 나라를 건국해야 합니다."

"그래요. 복잡한 일이 될 겁니다. 그래서 우리가 이곳까지 온 겁니다. 드래곤 연합은 모두가 평등한 세상을 만들 겁니다. 비록 그 신념이 언젠가는 깨어진다고 해도 우리는 그 신념을 죽을 때까지 지킬 겁니다."

귀족들은 하진의 말대로 따를 수밖에 없는 상황이다.

"좋습니다. 입헌군주제를 도입해서라도 왕위를 옹립할 수 있다면 그렇게 하겠습니다. 저희들의 왕이 되어주십시오."

"흐음……."

하진은 귀족들을 바라보며 한참을 고민하다가 한 가지 결론을 내렸다.

"그럼 이렇게 합시다. 일단 나라의 기틀이 잡힐 때까지 나를 옹립하고 공화정을 펼치는 겁니다. 그런 이후에 시간이 충분히 지나고 나서 다시 얘기를 해봅시다."

"예, 알겠습니다."

귀족, 그러니까 이제 정부의 관료가 된 그들은 하진의 손을 잡고 외쳤다.

"전하 만세!"

"만세, 만세!"

"와아아아아아아!"

그 어떤 누구도 가우스트 왕의 탄생을 반대하는 사람은 없었으며, 다 함께 왕의 탄생을 기꺼이 축하했다.

＊　　　　＊　　　　＊

4주간의 훈련을 마친 2천의 병사가 투입되면서 연합군의 군세는 이제 5천에 육박하고 있었으며, 테세라 왕국에서 받은 신병이 무려 4천이었다.

앞으로 두세 달 이후엔 연합군의 군세가 1만에 육박할 것이며, 지금 진격하는 두 개의 왕국을 거치면서 족히 2~3만의 군세를 이룰 것으로 보였다.

하진은 테세라 왕국에 성벽을 세우고 구형 아이언 캐넌을 신형으로 교체하는 등의 수비 진영 구축 작업을 진행시켰다.

옛 총독부가 있던 건물을 개조하여 군사령부로 개편시킨 하진은 테세라 왕국을 전진기지로 삼았다.

이제 그는 테세라 왕국과 불과 50㎞ 떨어진 이웃 나라 니케이츠 왕국과 알렌스 왕국을 차례대로 병탄할 생각이다.

군부는 가장 먼저 신성 제국의 식민지인 니케이츠 왕국을 쳐서 그 안에 주둔하고 있는 성기사단 병력을 축출하자고 제안했다.

하지만 니케이츠 왕국에 주둔하고 있는 성기사단 병력은 무려 2만, 그들의 전투력이 일반 병사에 비해 서너 배는 된다고 생각했을 때 4~6만의 병력을 상대하는 것이나 마찬가지였다.

지금의 군세로 평지에서 맞붙는다면 충분히 승산이 있겠으나, 성벽을 사이에 두고 싸우는 것은 부담스러운 일이다.

더군다나 니케이츠 왕국은 연합군 최강의 무기인 아이언 캐넌 포대가 힘을 발휘하기 힘든 산림지대에 속해 있었다.

하진은 중앙 군부를 소집하고 전략 회의를 진행하였다.

거버와 케르니슨은 연합군의 가장 큰 전략 무기인 정령 마법과 흑한 마법을 앞세워 성벽을 깨뜨리자는 의견을 냈다.

그러나 그 역시 버겁다는 것이 포병대장 테르니온의 의견이었다.

"놈들의 신성 마법이 결계를 치고 있다면 오히려 군수품만 축내는 꼴이 될 걸세."

"하긴, 신성 마법의 절대 결계는 뚫기 힘든 것으로 유명하지요."

네피림족 보병대장 에스텔른은 자신들이 500년 전에 왜 전쟁에서 패배했는지에 대해 설명했다.

"마법과 신성력은 상극이다. 한데 이 신성력이라는 것은 마법처럼 힘의 한계가 불분명하다. 마력은 술자가 가진 마력에 비례하여 마법을 사용하는데 신성력은 기도의 힘으로 모든 힘이 발현된다. 비록 강력한 공격 마법은 사용할 수 없다고 하더라도 치료와 상생, 결계가 삼박자를 이루어 절대로 뚫지 못할 철옹성을 만들어내는 것이지."

"흐음……."

레이나는 군부의 걱정스러운 탁상공론에 찬물을 끼얹었다.

"결계를 무력화시키는 방법이 있어요."

"……!"

"우리가 가진 이 성물, 이 성물은 죽은 사람도 살리는 신묘한 힘을 가졌지만 자신보다 낮은 신성력을 무력화시키는 힘도 있어요."

"그런 힘이……?!"

"만약 이것을 전장에서 사용하게 된다면 적은 일반 병사들과 별반 다를 것 없는 싸움을 하게 될 것입니다. 물론 캐논과 마법의 포화에서도 자유로울 수 없고요."

그녀의 말대로 신성력이 무력화된다면 그들과의 전투는 치르지 않아도 결과가 뻔했다.

하지만 그녀는 한 가지 제약에 대해 설명했다.

"그러나 성물이 갖는 힘은 한 가지 제약이 있습니다."

"그게 뭡니까?"

"신성력을 무력화시키는 것은 성물이 내뿜는 기운에 직접 닿아야 한다는 것이죠."

"그러니까 성물이 내뿜는 파장에 직접 접촉해야 효과가 있다는 말입니까?"

"그렇다고 볼 수 있죠."

"흠……."

"그렇기 때문에 성벽은 부술 수 있어도 전투에선 이것을 효과적으로 사용하긴 힘들죠."

"문제군."

하진은 그녀의 얘기를 가만히 듣다가 한 가지 묘안을 냈다.

"그렇다면 신성력 무력화의 비를 내리는 것은 어떻습니까?"

"비를 내린다?"

"신성력의 파장이 담긴 비를 내린다면 적들이 무력화되는 것은 시간문제일 겁니다."

"하지만 사람이 어떻게 비를 조종합니까? 말이 안 됩니다."

"물론 일반적인 방법으론 불가능하지요. 하지만 우리에겐 과학의 힘이라는 것이 있습니다."

"과학……!"

하진은 사상 최초로 과학기술이 결합된 전투를 설계하기로 했다.

제5장
빗속의 전투

　늦은 밤, 니케이츠 왕국의 서부 국경 지대로 허름한 마차
를 끌고 마부가 들어섰다.

　성기사단 소속 병사들은 그에게 신분증을 요구했다.

　"마차를 검색하고 신분증을 좀 봐야겠소. 신성 제국에서
배포한 신분증을 제시해 주시오."

　"예, 알겠습니다."

　마부는 주머니 속에 고이 간직하고 있던 나무 패용증을
꺼내어 병사에게 보여주었다.

　신성 제국은 신분제도의 확립과 조세제도 안정화를 위하
여 나무로 만든 신분증을 국민들에게 나누어주었는데, 이

나무 신분증에는 그의 재산 상황과 신분 계급, 직업 등이 적혀 있었다.

이 남자는 평민 계급에 마부의 직업을 가진 아주 평범한 사람으로서 신성 제국의 법에 위촉되거나 출입이 통제되는 사유가 전혀 없었다.

"그나저나 서부 지대는 어쩐 일이시오? 지금 이곳으로 드래곤 연합이 쳐들어온다는 소식이 파다한데 말이오. 행여나 그들이 이곳을 지나는 길목에서 행상들을 납치할 수도 있는데 굳이 위험을 마다 않는 이유가 있소?"

"제 여동생이 아이를 낳았답니다. 그래서 조그만 선물이라도 주려고 이곳까지 온 겁니다. 오는 김에 행상도 좀 할까 싶어서 물건도 챙겼지요."

"아아, 그렇구려."

세상이 아무리 각박해도 사람이 새 생명을 탄생시키는 일은 언제나 존중 받아야 마땅한 일이다.

병사는 그에게 통행증을 발급해 주면서 한마디 덧붙였다.

"스테라 산 중턱에 약초상이 있소. 그곳에 가면 아이를 낳고 산후 후유증으로 고생하는 사람이 먹는 산야초를 싼값에 팔고 있다고 하더구려. 혹시 모르니 알아두시오."

"고맙습니다. 만약 동생이 고생하고 있다면 많은 도움이 될 겁니다."

"별것은 아니요."

그는 마차가 지나갈 수 있도록 수비용 목책을 옆으로 치워주었다.

"통과!"

"고맙습니다!"

목책을 지나 서부 관문의 해자를 건넌 마부는 읊조리듯이 뒤를 돌아보며 말했다.

"…됐다. 이제 그만 나와."

"휴우, 걸리는 줄 알았네."

"어때? 내 연기가 오늘은 좀 먹히지 않았어?"

"원래 거짓말 잘하는 거 아니었어?"

"그것도 때에 따라서 하는 거지."

마차를 끌고 온 사람은 케레니슨이고 그 안에 들어가 있는 사람은 엘린이었다.

두 사람은 서부 국경 지대 성문 너머에 있는 지하 수로를 타고 암반 깊은 곳까지 들어가기 위해 마차를 타고 잠입한 것이다.

엘린은 정보 길드에서 10골드를 주고 산 지하 수로의 지도를 펼쳤다.

"으음, 지하 수로는 중앙 광장 분수대 아래의 통로를 향해서 내려가도록 되어 있군. 이곳에서 물을 퍼 올려서 사람들이 사용하는 모양이야."

"그렇다면 적당한 곳에 마차를 세워두고 또 한 번 연기를 해야겠군. 광장 분수대 지하로 들어가자면 잠입을 해야 할 텐데 신분증도 없는 네가 숨어 가기엔 좀 애매하잖아?"

"이를테면 어떤?"

"사이좋은 오누이가 어떨까?"

"아니, 그것보다는 이제 막 불타오르는 연인이나 신혼부부가 낫겠어."

"기왕지사 연기를 하는 것이라면 자연스러운 것이 좋지 않나? 오누이가 훨씬 더 안정적일 것 같은데?"

"…거울을 좀 봐. 당신이랑 내가 도대체 어디를 봐서 닮았다는 거야?"

케리니슨은 전체적으로 샤프하고 날카로운 얼굴선과 시원스러운 이목구비를 가지고 있었지만 눈빛에 한기가 서려 있어서 엘린과 같은 귀여운 느낌의 여자와는 상반되는 감이 있었다.

그는 말고삐를 쥔 채 투덜거렸다.

"쳇, 내 얼굴이 어때서 그러는 거지?"

"거참, 남자가 왜 그렇게 소심해? 그냥 당신과 내가 닮지 않았다는 거지, 당신이 못생겼다는 소리가 아니잖아?"

"…그런 건가?"

"응, 물론이지."

오랜 해적 생활로 세월의 풍파에 닳고 닳은 케레니슨이었지만 은근히 소심한 구석도 있고 순수한 면도 있어서 엘린은 그와 함께 다니는 것이 그리 나쁘지만은 않았다.

케레니슨은 한적한 골목길에 있는 여관으로 마차를 몰았다.

[청색 늑대]

두 사람이 작전을 실행할 동선을 짜는 데 이곳만큼 좋은 여관이 없어 보인다.

케레니슨은 이곳에 마차를 댔다.

마구간에 마차를 묶어놓고 여관 로비로 가보니 젊은 여인 세 명과 14세에서 15세 전후로 보이는 소녀 두 명이 가내수공업을 하고 있다.

그녀들이 하는 가내수공업은 삯바느질이었다.

산더미처럼 쌓아놓은 바느질거리를 옆으로 잠깐 치워놓은 한 여인이 자리에서 일어서며 말했다.

"어서 오세요. 걸어서 오셨나요?"

"아니오. 밖에 말을 묶어두었소."

"그렇군요. 그렇다면 마구간 이용료 동화 두 닢을 내시면 되요."

"숙박은 어떻게 되오?"

"1박에 1실버니까 계실 기간을 정해서 돈을 내시면 됩니다."

"2박 3일 묵을 것이오. 두 사람이 묵을 만한 침실을 좀 주시오."

"침대는 몇 개가 편하세요?"

"두……."

케레니슨이 입을 열려는데 엘린이 먼저 선수를 쳤다.

"한 개 주세요. 침대는 좀 큰 것이 좋겠어요. 보시다시피 우리 남편이 한 덩치 하거든요."

"그래요. 그런 것 같네요. 마침 신혼부부에게 딱 맞는 방이 있어요. 방 안에 작은 욕조도 있어서 함께 여독을 풀기에 안성맞춤일 겁니다."

"고마워요."

여관 주인으로 보이는 여자는 열쇠 꾸러미를 들고 계단으로 향했다.

"따라오세요. 3층에 방이 있어요. 때마침 달이 예쁘게 떠서 신혼부부가 밤을 보내기엔 아주 좋겠어요."

"그러게 말이오."

잠시 후, 3층 가장 구석에 있는 방으로 다가선 그녀가 문을 열었다.

철컥!

방 안은 온통 레이스와 꽃무늬 장식으로 도배가 되어 있었는데, 침대 위에는 하트 모양으로 된 꽃가루도 있었다.

"……."

"어때요? 방이 마음에 드세요?"

케레니슨의 표정은 썩 좋아 보이지 않았지만 엘린은 손뼉을 치면서 기뻐했다.

"어머나, 좋아요! 우리 남편 취향은 확실히 아니지만 난 좋아요!"

"…확실히 그렇군."

"원래 방은 여자가 정하는 것이 관례지요. 대륙 어느 곳을 가도 신혼부부 침실을 남자가 정하거나 꾸미는 경우는 없으니까요."

"오호호, 좋아요! 고마워요!"

"별말씀을. 그럼 좋은 시간 보내세요."

문을 닫고 그녀가 1층으로 내려가는 것을 확인한 케레니슨이 엘린에게 말했다.

"어이, 마법사, 원래 이런 공주 취향이었어?"

"아마 거의 대부분의 여자들이 이런 취향일걸?"

"그건 아닐걸?"

"…그걸 당신이 어떻게 알아?"

"적어도 나를 거쳐간 여자들은 그렇지 않았으니까."

케레니슨의 한마디에 기분이 나빠진 듯 그녀가 입을 다물었다.

그는 고개를 갸웃거린다.

"……?"

"짐이나 풀어. 꿔다 놓은 보릿자루처럼 서 있지만 말고."

그는 동료에게 여자 얘기를 한 것이 뭐 어떤가 싶었지만, 그것은 아주 눈치가 없는 행동이었다.

최소한 신혼부부 행세를 하는 동안에는 그녀 앞에서 여자 얘기를 꺼내면 안 되었다.

여자는 분위기에 따라 기분이 하루에도 수십 번 바뀌는 생물이기에 신혼부부 행세를 하게 되었으면 그에 맞춰서 조금은 달라질 필요가 있었다.

그러나 그녀를 여자가 아니라 동료로만 생각하는 케레니슨에게 있어서 그런 배려는 전혀 계산 밖이었다.

"어서 가지. 이러다가 자정이 지나 병사들의 순찰이 시작되겠어."

"…조금만 기다려. 아무리 그래도 옷은 입고 나가야 할 것 아니야?"

"아아, 그렇군. 그럼 나 먼저……."

"야, 이 바보야! 당신이 먼저 나가면 사람들이 어떻게 생각하겠어?! 신혼부부는 원래 뭐든지 함께하는 거라고!"

"거참, 속 터지는 설정이군. 다시는 신혼부부로 설정하지 말자고. 차라리 오누이가 낫겠어."

"흥! 이하 동문이다!"

케레니슨은 그녀가 옷을 갈아입을 때까지 욕실에 들어가 세수와 면도를 했다.

그녀는 옷을 갈아입는 내내 투덜거렸다.

"…하여간 멋대가리 하나 없는 인간 같으니."

어쩐지 귀가 간지러워져 세수하는 데 오래 걸린 케레니슨이다.

*   *   *

자정을 한 시간쯤 남긴 시각.

사람들은 술에 취해 돌아다니다가 슬슬 집에 들어가려 채비를 하고 있다.

신성 제국에선 밤사이에 벌어지는 범죄와 과도한 음주 행태 등을 관리하기 위해 자정 이후엔 거리의 통행을 엄금하고 있었다.

만약 자정이 넘었음에도 불구하고 귀가하지 않고 거리를 배회한다면 시가지를 순찰하고 돌아다니는 병사들에게 끌려가 2박 3일 동안 옥살이를 하게 된다.

2박 3일 동안 밥도 제대로 안 주는 감옥으로 끌려가 고초를 겪지 않으려면 고주망태가 되었어도 집에 들어가는 것이 신상에 이로울 것이다.

케레니슨과 엘린은 신혼부부처럼 손을 잡고 다니면서 주변을 둘러보았다.

"한산하군. 순찰은 자정부터이니 이 정도면 잠입하기에 아주 딱 좋겠어."

"신성 제국의 특이한 통금 제도가 이럴 때 호제로 작용하는 걸."

"운이 좋은 거지."

거리에 사람들이 별로 없으니 잠입도 한결 수월할 것이다.

두 사람은 거리의 행상들이 파는 마실 거리를 하나씩 손에 쥔 채 중앙 광장 분수대로 향했다.

쏴아아아아아!

시민들은 이곳에서 생활용수를 조달하고 더 나아가선 상업용수로 사용하고 있었다.

늦은 밤임에도 불구하고 잠들기 전에 마실 물을 떠다놓으려는 사람이 몇몇 보이긴 했다.

그러나 그 일부의 사람마저 빠지고 나면 거리는 사람의 발길이 뜸해질 것이다.

분수대에 앉아서 잠입할 타이밍을 계산하고 있던 케레니슨은 불현듯 그녀의 어깨에 손을 척 올렸다.

그리곤 그녀의 얼굴에 자신의 얼굴을 가까이 들이밀었다.

스윽!

그녀는 화들짝 놀라 자신도 모르게 눈을 질끈 감고 말았다.

'어머나, 이 사람이……?!'

남들이 보기엔 매우 사이좋은 연인이 달콤한 키스를 나누려는 것으로 보일 수 있겠으나, 정작 케레니슨은 그렇지 않았다.

그는 입술 대신에 그녀의 귓가에 입을 가져다 대었다.

"…뒤에 우리를 쫓아오는 놈들이 있어."

"……."

"엘린?"

잠시 정신을 놓고 있던 엘린이 화들짝 놀라며 말했다.

"으, 응?"

"무슨 생각을 하는 거야? 우리 주변에 미행이 있다고."

"미, 미행?"

"그래. 아까부터 조금 수상하긴 했지만 푸른 늑대 여관에서부터 지금까지 계속 미행을 하고 있어. 아무래도 작정하고 따라온 것 같아."

"신성 제국의 끄나풀일까?"

"그야 모르지. 일단 잡아서 족치고 보자고."

두 사람은 물을 뜨는 행렬에 섞여 분수대 옆으로 난 석문을 타고 지하로 내려갔다.

그러자 두 사람을 따라 두 개의 인영도 함께 지하로 내려갔다.

케레니슨은 그녀를 데리고 지하 수로 구석에 있는 벽에 몸을 숨겼다.

그녀는 케레니슨과 밀착하면서 스멀스멀 피어오르는 그의 땀 냄새에 자신도 모르게 코를 가져다 대었다.

"킁킁."

성인 남자가 하루 종일 흘린 땀이 진하게 밴 옷에선 분명 악취가 나야 정상일 텐데 어쩐지 그 냄새가 나쁘지 않은 그녀이다.

'내가 미쳤나?'

그녀가 케레니슨의 체취에 점점 취해가는 동안, 그는 더더욱 심각한 표정을 지었다.

"저것들, 푸른 늑대 여관에서 삯바느질을 하던 여자들이야. 아무래도 그때부터 우리를 미행하려고 작정한 것 같은데?"

"……."

"엘린?"

"으, 응?"

"…아까부터 왜 그렇게 넋을 놓고 있어? 잠을 못 자서 그런가?"

"아, 아니야. 그냥 좀……."

"정신 바짝 차리라고. 잘못하면 우리의 계획이 모두 다 수포로 돌아가는 수가 있으니까."

"아, 알겠어."

케레니슨은 주머니에서 휴대하기 좋은 크기로 개량된 마

공총을 꺼내 들었다.

철컥!

"여차하면 갈길 테니까 사일런스 마법을 걸어줘."

"알겠어."

그녀는 마력을 운용하여 케레니슨이 들고 있는 마공 권총 입구에 사일런스 마법을 걸어주었다.

끼이이이잉!

이제 그가 아무리 총을 쏘아댄다고 해도 밖으로 소리가 새어나가지 않을 것이다.

케레니슨은 권총을 겨눈 채 그녀들의 앞으로 나아갔다.

"…동작 그만. 더 이상 움직이면 쏜다."

"마공총? 그런 물건을 쏘아대면 경비병들이 몰려올 텐데?"

그는 그녀들의 바로 앞에 마공탄을 두 발 쏘아냈다.

탕탕!

영혼석을 통하여 마공 포수 장인으로 각성한 케레니슨은 이제 연속 사격이 가능해졌으며 총알이 필요하지 않게 되었다.

그녀들은 케레니슨이 총을 두 발이나 쏜 것을 보고 적지 않게 놀란 듯했다.

"신성 제국에서 온 사람은 아닌 모양이지?"

"잘 보았다. 나는 드래곤 연합에서 왔다. 네놈들은 어디서 온 놈들이지?"

"우리는 니케이츠 왕국의 자경단 푸른 늑대단이다."

"자경단이라… 니케이츠 왕국에 자경단이 있던가?"

"우리는 50년 전부터 계속해서 독립을 위해 일하고 있지만, 생각처럼 일이 잘 풀리지 않았다."

케레니슨은 두 사람에게 증거를 보여줄 것을 요청했다.

"이곳에서 살아나가고 싶다면 푸른 늑대인지 빨간 늑대인지 하는 집단에 대한 증거를 내어놓아라."

"좋아, 그럼 우리 단원들이 기거하고 있는 아지트로 안내하겠다. 어때? 이럼 증거로 충분하겠지?"

"허튼짓을 했다간 대가리에 바람구멍이 날 것이다."

"후후, 좋을 대로."

그는 두 여자의 몸에 총을 겨눈 채 지하 수로를 나섰다.

*   *   *

여관으로 위장한 푸른 늑대단의 아지트는 지하 1층에 무기고와 전서구 등이 구비되어 있었다.

그들은 이곳에서 여행객으로 위장하여 잠시 묵으며 지내 왔었다.

그러다 아지트 관리인인 두 여인은 자신들의 아지트가 신성 제국군에게 발각되었을까 싶어 케레니슨을 미행한 것이다.

"드래곤 연합이라… 명성은 익히 들었소."

"아마도 해방을 원하는 국가라면 구원 요청을 한 번쯤은 생각해 보았으리라 생각하오. 그렇지 않소?"

"뭐, 그렇긴 하지만 이렇게 갑작스럽게 잠입해서 좀 놀랐소."

푸른 늑대단의 대장 마리드는 자신들이 벌이고 있는 자경단의 독립 활동이 과연 언제쯤 끝이 날까 하는 딜레마에 빠져 있었다.

지금까지 50년 동안이나 독립 활동을 꾸준히 해왔으나 신성 제국의 치하에서 벗어날 수 없었다.

50년 동안 죽어나간 단원만 무려 수천 명에 달하며 그 인원으로 군대를 조직했다면 최소한 영지 몇 개쯤은 수복할 수 있었을지도 모른다.

안 그래도 기다리고 있던 드래곤 연합이 찾아왔음에 그는 독립에 대한 열망을 불태웠다.

"우리를 해방시켜 주기 위해 군대를 움직인 것이라 들었소. 맞소?"

"그렇소. 우리는 니케이츠 왕국을 해방시키기 위한 전쟁을 벌이고 있소. 하지만 몇 가지 문제가 있소."

"문제라?"

"이곳 지하 시설에 적의 신성력을 무력화시키는 장치를 설치해야 하는데, 그것이 지하 수로와 연결되어야 하오. 그리고 그 지하 수로에 거대한 기계도 설치해야 하오."

"기계라니, 지하에 무슨 기계를 설치하여 저들을 무력화시
킨단 말이오?"

"지하수를 지상으로 퍼 올리는 기계요."

"아아, 이를테면 분수대와 같은?"

"뭐, 비슷하다고 해두지."

"흐음."

"그 지하수를 퍼 올리는 기계와 강철로 만든 관을 연결해
서 지상으로 길게 빼내야 하는데 그 작전이 만만치 않을 것
같소."

"만약 그 작전이 실패하게 되면 어떻게 되는 것이오?"

"전쟁이고 뭐고 철수요. 더 이상의 방책은 있을 수 없으니
까."

"…고육지책이군."

"하지만 한 방에 신성 제국을 무력화시킬 수 있는 절호의
기회요. 만약 우리가 신성력을 무력화시키는 전략을 펼쳐
성공을 거둔다면 신성 제국의 수십만 대군은 그저 종잇장에
불과하다는 소리지."

"상당히 매력적인 소리이지만 그것이 가능하겠소?"

"가능하오. 가우스트 장군이라면 충분히 가능하오."

푸른 늑대단은 케레니슨의 제안에 아주 진중한 태도로 고
심하기 시작했다.

이번 작전에 동원될 사람들이 신성 제국군에게 발각된다면 그 즉시 참수를 당하고 두 번 다시 독립 활동은 하지 못하게 될 것이다.

하지만 이번 기회가 아니면 영영 독립을 하지 못할 것이 확실했다.

마리드는 결단을 내렸다.

"합시다."

"다, 단장, 그렇게 빨리 결정해도 되겠어?"

"어차피 이대로는 우린 독립할 수가 없다. 우리의 조국이 독립하려면 그만한 위험은 감수해야 한다."

"흠……."

"작전은 언제쯤 펼치실 예정이오?"

"당장 오늘 새벽부터 시작해야 하오. 인원을 제공해 주실 수 있겠소?"

"좋소. 땅은 우리 쪽에서 팔 테니 당신들은 저들의 눈과 귀를 어지럽게 해주시오. 할 수 있겠소?"

"우리는 전쟁으로 이미 단련될 대로 단련된 사람들이외다. 그런 교란작전쯤이야 별것 아니지."

"그럼 부탁하오."

"고맙소."

"앞으로 일주일 후 그대들이 말한 공사를 끝내놓겠소. 이쪽으로 기술자들을 보내주시오."

"그렇게 하리다."

두 사람은 뜨겁게 손을 맞잡았다.

＊　　　　＊　　　　＊

니케이츠 왕국 서부 국경 지대 성채 앞.

벌써 삼 일째 드래곤 연합의 포격이 이어지고 있는 중이다.

콰과과과광!

"장군, 적군이 또 성문을 두드립니다!"

"미친놈들이군. 도대체 며칠째 저러는 게야?"

"무려 삼 일입니다. 삼 일 동안 간헐적으로 저렇게 불을 뿜어대어 병사들이 아주 진저리를 치고 있습니다."

"훗, 그래봐야 저놈들이 쏜 포탄은 우리의 결계를 뚫지 못한다. 무려 150명이나 되는 성녀와 사제들이 진을 치고 있는데 도대체 무슨 수로 이곳을 뚫겠는가?"

"하긴, 그건 그렇습니다."

신성 제국의 절대 방어진은 전 대륙을 통틀어 뚫을 수 있는 군대가 존재하지 않았다.

그러나 설사 그 누군가가 그것을 뚫는다고 해도, 그 뒤에는 무려 1만의 병사들이 대기하고 있으니 전투는 해보나마나였다.

서부 국경 지대의 수문장 베로트슨 자작은 쓸데없이 성기 사단을 희생시켜 총독군의 군사력을 약화시키지 않도록 성문을 굳게 걸어 잠그고 있었다.

만약 전면 전투가 벌어진다면 성기사단의 병력이 꽤 상해 없어질 것이 분명하기 때문에 그는 움직임 없이 이곳에서 버티고 있는 것이다.

베로트슨은 다른 기사들과는 다르게 신은 인간을 완벽하게 보호해 줄 수 없다고 생각했다.

그가 완력으로 저들과 전투를 벌였다면 최소한 절반 이상, 어쩌면 그보다 더 많은 피해자가 속출했을 것이다.

지금까지 저들이 밟아온 행보를 살펴보자면 개개인의 전투력으로는 이미 성기사단을 넘어서고 있을지도 모른다.

그는 자존심이 아닌 전략적으로 적을 분석하여 자신이 전쟁에서 이길 수 있을지 없을지를 점쳤다.

만약 자신이 계산한 수에서 조금이라도 벗어나면 무조건 싸움을 피하고 본다는 것이 그의 철칙이다.

"당분간 백성들의 출입을 삼가고 이곳으로 유입되는 인원도 철저히 통제하라."

"예, 알겠습니다!"

베로트슨이 자신의 총독부로 돌아가려는데 한 백인대장이 찾아왔다.

척!

"장군, 드릴 말씀이 있습니다."

"뭔가?"

"지금 중앙 광장의 분수가 고장 나서 인근 주민들이 물을 사용하지 못한답니다. 분수는 군사들의 군량을 충당할 때도 사용되는 것이라 수리가 시급한 것으로 사료됩니다."

"하필 이럴 때 그런 중요한 시설이 고장 나다니, 수리하는 데 얼마나 걸린다고 하던가?"

"사나흘이면 충분히 수리할 수 있습니다만, 그 안에 들어갈 장비와 인력은 다른 곳에서 데리고 와야 할 것 같습니다."

"이 넓은 서부 지역에서 분수를 고칠 기술자 하나 구할 수 없단 말인가?"

"송구합니다만, 그렇습니다."

"거참, 난감하게 되었군."

"만약 마차 네 대 분량의 자재와 기술자 열 명의 도입을 윤허해 주신다면 삼 일 안에 고쳐놓겠습니다."

"그래, 그럼 그렇게 하라."

"감사합니다!"

베로트슨은 분수가 언급된 김에 목욕이나 즐기러 갈 참이다.

"온몸이 다 쑤시는군. 목욕탕에 물을 받아놓을 수 있도록."

"예, 장군."

"그리고 사라에게 내가 간다고 전해라. 남은 잔무만 처리하고 곧바로 갈 것이다."

"예."

그의 얼굴에 잔잔한 미소가 걸렸다.

*   *   *

그날 오후, 굳게 닫혀 있던 서부 국경 지대 성채의 서문이 열렸다.

끼이이이익, 쿠웅!

거대한 성문이 열리면서 해자를 넘어갈 수 있는 길이 생겼다.

소달구지에 싣고 온 자재와 인부들을 확인한 병사들은 그들에게 통행증을 발급해 주었다.

"앞으로 이것을 가지고 돌아다니면서 생활하시오. 지금은 특히나 적의 공습이 진행되고 있는 만큼 소란을 일으키면 곤란하니 유념하시오."

"네, 고맙습니다."

열 명의 기술자와 30명의 인부가 소달구지를 몰아 중앙 광장에 도착했다.

푸숙, 푸숙!

물이 찔끔찔끔 나오는 분수대를 바라보던 기술자들이 대수롭지 않게 말했다.

"별것 아니군."

"고치는 데 얼마나 걸리겠나?"

"대략 나흘이면 충분합니다."

"삼 일 안에 해주게."

"으음, 그렇게 되면 품삯을 좀 더 주셔야 합니다만?"

"그럼 그렇게 하게."

"감사합니다."

백인대장이 현장을 떠나고 나자 기술자들과 인부들이 소달구지에서 일사불란하게 짐을 내렸다.

"자자, 어서 움직이자고! 장비하고 자재는 모두 지하로 옮기고 소들은 근처 여관에 잘 맡겨놔!"

"네, 그리하겠습니다."

이윽고 달구지에 담겨 있던 물건에 바퀴를 깔고 지하로 내려간 인부들이 작업복을 벗었다.

휘릭!

인부들의 작업복 속에는 탄탄한 고무 재질로 된 잠수복이 자리 잡고 있고 허리에는 공구를 매달 수 있는 만능 벨트가 채워져 있다.

"모두들 명심하게. 펌프는 부품 하나가 빠지면 말짱 도루묵이야."

"예, 대장님!"

"성물은?"

"여기 챙겨왔어요."

기술자의 우두머리로 보이는 사내가 자신의 얼굴을 가리고 있던 복면을 뜯어버렸다.

부욱!

그제야 드러난 하진의 얼굴에는 땀과 밀랍이 덕지덕지 붙어 있었다. 하지만 그는 아랑곳하지 않고 작업을 진행시켰다.

그는 얼마 전 지하 수로를 막아놓은 거대한 바윗덩이를 마력으로 파괴시켜 버렸다.

"허업!"

콰앙!

원래대로라면 땅이 진동하여 병사들이 내려와 봤겠지만, 지금은 사방에서 포격이 이어지고 있는 상황이다.

정확하게 말하자면 병사들이 이곳에 관심을 가질 시간이 없다는 뜻이다.

이제 개방된 지하 수로의 용천 지점에 도르래를 건 하진은 네 명의 병사를 아래로 투입시켰다.

네피림의 마법사들은 물의 온도를 사람이 들어가기 좋은 적정 온도로 바꾸어주고 지하 암반이 훤히 다 드러나 보이는 라이트 마법을 시전하였다.

우우우웅, 팟!

엘프족 샤먼들은 그들이 물속에서도 숨을 쉴 수 있도록 정령들을 소환하여 함께 내려 보냈다.

꼬르르륵!

"됐습니다. 이제 작업을 시작할 수 있을 겁니다."

"좋아, 지금 당장 조립을 실시하도록 하지."

지금 지하 수로 전방 5㎞에선 파이프라인을 확보하기 위한 작업이 진행 중에 있었다.

오늘 내로 그들이 작업을 완수한다면 하진과 병사들이 가지고 온 동관을 이어 이틀 후엔 전투를 벌일 수 있을 것이다.

"진행 사항은 어느 정도인가?"

"95% 이상 완료되었답니다."

"그래, 이 정도 속도라면 얼추 맞아떨어지겠군."

"그럼 잠수하겠습니다."

"고생하게."

"예!"

백인대장 두 명이 병사 둘을 이끌고 물속으로 들어가 본격적인 파이프라인 연결을 시작하였다.

이제 하진은 펌프를 이곳에서 조립하고 그것이 마법의 동력으로 작동할 수 있도록 공사를 할 것이다.

"마법사들은 지금 당장 마법진을 짜고 드워프들은 나와

함께 조립을 시작합시다."

"예, 대장."

연합군의 손이 바쁘게 돌아간다.

제6장
대승

　공사 일주일 후, 드디어 펌프 라인이 완성되었다.

　하진은 마정석이 들어간 펌프를 가동시켜 물줄기가 얼마나 강력하게 뿜어져 나오는지 확인해 보기로 했다.

　그는 펌프에 마정석을 정착시켜 물줄기가 솟구쳐 올라오도록 조작했다.

　츄룩, 츄룩, 츄룩.

　드워프 장인들과 엘프족 기술자들이 떨리는 눈으로 펌프를 바라보고 있다.

　"꿀꺽!"

　"되, 되겠죠?"

"과학은 사람을 배신하는 법이 없습니다. 기계는 거짓말을 하지 않아요."

고도화된 기계문명을 가진 드워프들이지만 지하에서 물을 퍼 올려 인공 비를 내리게 하는 시도는 단 한 번도 없었다.

시도된 적이 없는 도전은 항상 긴장되게 마련이다. 드워프들은 기도하는 심정으로 펌프를 바라보았다.

털털털!

본격적으로 타이밍벨트가 돌아가면서 펌프가 물을 퍼 올리기 시작했다.

끼기기기기긱!

파이프라인을 타고 위로 올라가는 물줄기 소리와 함께 라인 전체에 압력이 전해져 작은 떨림이 일어났다.

드워프 장인들과 엘프족 기술자들이 쌍수를 들고 환호성을 내질렀다.

"성공이다!"

"하하하, 이제 우리가 승리한다!"

하진은 펌프에 성물의 신성력 해제 능력을 부여할 수 있도록 부탁했다.

"레이나, 지금입니다."

"네, 알겠어요."

지그시 눈을 감은 그녀가 성물에 신성력을 불어넣자 그녀의 손을 타고 푸른색 기운이 펌프 전체로 옮겨갔다.

스스스스스!

이제는 지하수 전체가 연한 푸른색을 띠면서 신성력이 가득 담긴 성수가 탄생하게 되었다.

이는 신성력을 해제시키는 능력이 있을 뿐만 아니라 그와 반대되는 마력과 정령력도 대폭 상승되기 때문에 하진의 군대가 진격하는 데 결정적인 역할을 하게 될 것이다.

하진은 드디어 신성 제국에게 본때를 보여주기로 한다.

"불화살을 쏘아 올리게."

"예, 대장님!"

해리슨은 마법으로 만들어진 불화살을 하늘 높이 쏘아 올렸다.

피유웅!

신궁 케이시아스의 능력을 각성시킨 해리슨은 스스로 불화살과 살음 화살 등 각종 마법 화살들을 만들어내는 능력을 갖게 되었다.

그의 불화살은 하늘 높이 올라가 '드래곤 연합 만세'라는 문구를 만들어냈다.

잠시 후, 그의 화살이 만들어낸 불꽃이 사그라지기도 전에 드래곤 연합의 포격이 시작되었다.

피융, 콰과과과광!

화르르륵!

아이언 캐넌에 담긴 마력탄과 정령탄, 화력탄이 골고루 불을 뿜으면서 성벽이 순식간에 무력화되고 말았다.

쩌저저적, 쿠웅!

"벌써 서쪽 성벽이 무너진 모양입니다."

"좋아, 이제 슬슬 기병대가 돌격해 올 때가 되었군."

하진은 레이나에게 이 현상이 얼마나 지속되는지 물었다.

"펌프가 얼마나 갈까요?"

"한 번 부여된 마법은 술자가 주문을 해제시킬 때까지 계속됩니다."

"그렇군요."

이제 이곳은 저들이 건드릴 수도 없는 지역이 되었으니 남은 것은 성기사단을 쓸어버리는 일이다.

하진은 드래곤 아이를 대검으로 바꾸었다.

스스슥!

"가자! 놈들을 박살내는 거다!"

"와아아아아아아!"

단 30명의 병력이지만 기병대와 만나는 곳까지 가는 데 전혀 문제가 없을 정도의 전력이다.

레이나는 성물의 푸른 기운을 이용하여 땅바닥을 내려쳤다.

"…신성으로!"

쿠웅!

잠시 후, 성물의 힐링 스틱이 땅바닥을 뚫고 올라와 하진과 기사단의 몸에 힐링 마법과 각종 버프를 걸어주었다.

후우우웅!

힐링 스틱은 전투가 끝날 때까지 지속적으로 버프를 걸어주고 팀원 전원의 체력을 회복시켜 전투에서 다칠 일이 없도록 만들어줄 것이다.

하진은 자신의 눈앞에 보이는 성기사단에게 달려가며 외쳤다.

"드래곤 연합 만세!"

"와아아아! 드래곤 연합 만세!"

"저, 저건 또 뭐야?!"

서걱!

그의 검이 지나간 자리에 서 있던 병사 20명의 목이 하늘 높이 떠올랐고, 그 뒤를 이어 해리슨의 멀티플 샷이 하늘 높이 떠올랐다.

후웅, 퍼버버버버벅!

은은한 은빛이 도는 화살이 하늘 높이 떠오르더니 이내 1만 발의 화살이 되어 비처럼 쏟아졌다.

쏴아아아아!

"끄아아악!"

"빌어먹을! 모두 피해라! 상황이 좋지 않은 것 같다!"

"도망갈 곳이 없습니다! 적들이 앞뒤로 들이닥쳤습니다!"

"뭐라?!"

아마 적들은 해리슨의 멀티플 샷이 대규모 궁병이 쏘아낸 것이라고 생각하는 모양이다.

"멍청한 놈들이군."

"우리는 이대로 유격전을 펼치면서 후방을 교란하는 편이 낫겠습니다."

"그러게 말이야."

하진의 특공대는 본대와 합류하지 않고 그대로 적진의 후방을 휘젓고 다니면서 눈부신 활약을 펼쳤다.

                    *   *   *

중앙 대륙 동부 지역 테르나 산맥 인근.

촤륵, 촤륵.

뗏목에 올라선 에네스와 아이린이 붕대를 칭칭 감은 젝필슨을 간호하고 있다.

"살아날 수 있을까요?"

"사람은 그리 쉽게 죽지 않습니다. 그리고 저번 마을에서 상비약을 훔쳐 대충 치료를 해놓았으니 금방 일어날 겁니다."

북서부에서 기병대를 따돌리고 테르나 산맥까지 온 에네스는 테르나 협곡을 타고 아르셀라 강으로 넘어가 원정대

본진으로 돌아갈 생각이다.

아마 지금쯤이면 행방불명이 된 기병대 덕분에 헤이슨 제국은 난리가 났을 것이고, 아케인 왕국은 전쟁 준비가 한창일 것이다.

그는 자신이 벌인 이 일이 중앙 대륙을 피바다로 만들 것임을 누구보다 잘 알고 있었다.

하지만 부부는 젝필슨의 앞에서 행여나 그에 관련된 얘기를 꺼낼 생각조차 하지 않았다.

이곳까지 도망 오는 동안 몇 개의 마을 회관을 털어서 상비되어 있던 힐링 포션과 붕대 등을 훔친 에네스는 젝필슨을 정성껏 치료해 주었다.

잠시 후, 젝필슨이 정신을 차렸다.

"으으음……."

"이제 좀 정신이 드시오?"

"여, 여긴……?!"

"운이 좋게 살아남았소. 적의 기병대를 따돌리고 테르나 협곡으로 왔소. 이제 대략 2주일 정도면 아르셀라 하류에 닿을 수 있겠지."

"…제 부하들은 어찌 되었습니까?"

"미안하지만 그들의 생사는 미처 확인할 수 없었소. 만약 살아 있다면 우리의 군사들이 그들을 구하러 갈 것이오."

"그렇군요."

"만약 그들이 죽었다고 해도 너무 속상해하지 마시오. 그 슬픔은 적들에게 고스란히 돌려주면 될 것이오."

젝필슨이 이를 악물었다.

"반드시, 반드시 복수할 것입니다! 놈들을 닥치는 대로 아작 내서 그 뼈를 잘근잘근 씹어먹을 것입니다!"

"그래, 바로 그런 기세라면 부하들의 복수를 하고도 남을 것이오."

그는 운신하기도 힘든 몸을 억지로 일으켰다.

"으으윽!"

"누우시오! 지금 일어나면 몸이 상하오!"

"…주군, 제 절을 받으십시오!"

"주군이라……."

"앞으로는 당신을 죽을 때까지 주군으로 모시겠습니다. 당신이 나를 사지에서 건져낸 것처럼 저 역시 당신을 위해 사지로 기꺼이 뛰어들겠습니다."

"그대의 충정은 이해하오. 일전에 보여준 그 눈부신 무위 역시 잊지 않고 있소. 왕국으로 돌아가면 포상할 테니 이러지 마시오."

"아닙니다! 만약 당신께서 저를 받아주지 않으신다면 지금 당장 이 협곡에 몸을 던져 죽겠습니다!"

그의 눈동자는 진심을 말하고 있었고, 그것은 에네스에게 아주 진하게 전달되고 있었다.

하지만 그는 이것으로 만족하지 않았다.

"그럼 뛰어드시오. 난 그대를 수하로 받을 수 없소. 그럴 상황도 아니고."

"……."

그는 한 치의 망설임도 없이 그대로 협곡 물에 몸을 던졌다.

첨벙!

"어, 어어… 저대로 두면 죽습니다!"

"알아요."

에네스는 대략 2~3분 후 물속으로 뛰어들어 바닥을 향해 서서히 가라앉고 있는 젝필슨을 건져냈다.

그리곤 그의 가슴을 마구 눌러서 폐에 가득 차 있는 물을 빼냈다.

"쿨럭쿨럭!"

"그 충정, 절대로 잊지 마시오."

"…죽을 때까지 충성을 다하겠습니다!"

기사는 자신을 위해 목숨을 걸어준 은인에게 평생을 바치는 법, 에네스는 그것을 아주 잘 알고 있었다.

그는 젝필슨에게 작은 단도 한 자루를 건넸다.

스릉!

"받으시오. 내가 그대에게 내리는 군신의 징표요."

"감사합니다, 주군!"

"앞으로 그대와 나는 피로써 맺어진 형제보다 깊은 우정과 신뢰를 나누게 될 것이오. 그 우정과 신뢰, 죽을 때까지 깨어지지 않도록 합시다."

"충!"

에네스는 처음으로 자신만의 기사를 얻었다.

*   *   *

같은 시각, 아케인 왕국에선 에네스의 상상보다 훨씬 더 거대한 일이 벌어지고 있었다.

쾅!

"···이런 개자식들을 보았나?! 감히 아케인 왕국의 공주와 그 부마를 복병으로 죽이려 했단 말인가?!"

칼번의 분노는 극에 달해가고 있었으며, 그의 상처 난 자존심에 불을 붙이는 사람은 다름 아닌 라이너스였다.

"폐하, 이 세상의 그 어떤 왕국도 왕가의 식솔을 쳐 죽이는 일은 없었습니다! 이것은 우리 아케인 왕국을 병탄하고 왕가를 폐망의 길로 빠져들게 만들겠다는 의도가 분명합니다!"

"···맞다! 2황자의 말이 맞다!"

그는 자신의 오른쪽 바로 밑에 있는 황태자 라이오니슨에게 말했다.

"태자, 태자는 지금 당장 군을 모두 소집하여 원정군을 구성하라! 짐이 직접 전장에 나서겠다!"

"예, 폐하! 존명을 따르겠습니다!"

지금까지 단 한 번도 자신의 자리를 떠나 움직인 적이 없던 칼번은 드디어 본격적으로 칼을 뽑아 들었다.

챙!

왕을 상징하는 황금빛 검을 뽑아 든 칼번은 광오에 찬 눈빛으로 외쳤다.

"모두 들어라! 헤이슨 제국과의 전면전을 선포하노라! 그들 왕족의 씨를 말리고 귀족들의 머리를 꿰어 성벽에 효시토록 할 것이다! 또한 그들의 땅을 모두 빼앗아 식민지로 만들고 그 백성들까지 전부 노예로 만들 것이니라!"

"존명, 존명, 존명!"

이윽고 그는 검을 땅바닥에 꽂았다.

스룽, 콰앙!

신하들은 흠칫 놀랐다.

지금껏 숨겨온 칼번의 마력과 검술 실력이 유감없이 드러난 것이다.

우우웅!

무려 30㎝ 넘게 바닥 안으로 들어가 박힌 검은 은은한 붉은빛 오라를 뿜어내고 있었다.

그는 이미 소드 마스터의 경지에 들어서 있던 것이고, 그

폭주는 도저히 막아낼 수 있는 사람이 없었다.

신하들은 그제야 다시 한 번 칼번이 허수아비 왕이 아닌 진정한 절대자라는 것을 깨달았다.

그는 진정한 강함이 어떤 것인지 누구보다 잘 아는 사람이었다.

하여 그는 자신을 뛰어넘을 수 있는 사람이 없을 정도로 혹독하게 검을 수련하였다. 그리고 황제가 되었을 무렵엔 소드 마스터의 반열이 올라 있었다.

그런 칼번이 직접 전쟁이 참여한다는 것, 그것은 바로 지금껏 잠들어 있던 아케인의 용이 깨어나는 것이었다.

신하들은 낮게 몸을 엎드렸다.

"폐하, 이제는 왕이 아닌 황제로 군림하시어 아케인이 제국으로 거듭날 수 있도록 윤허하여 주십시오!"

"좋다! 이제부터 우리는 제국으로 거듭난다! 헤이슨의 씨를 말리는 그날, 우리는 온전히 제국으로 다시 태어날 것이다!"

"만세, 만세, 만만세!"

칼번의 광휘가 대전을 한차례 휩쓸고 지나갔다.

*　　　　　*　　　　　*

이른 아침부터 헤이슨 제국의 대전에는 귀족들의 탁상공

론이 벌어지고 있었다.

"지금 중앙 대륙으로 군사들을 파견하는 것은 어리석은 짓입니다! 아케인 왕국이 제국을 선포했다곤 하나 우리가 놈들의 생각대로 맞대응을 한다면 군비가 너무 높아질 것입니다! 그것은 자멸을 자처하는 것밖에는 안 된다는 말입니다!"

"그렇다고 이대로 가만히 당하고 있자는 말입니까?! 어찌하여 신하 된 자가 그런 소리를 할 수 있단 말입니까?!"

"신하이니 이런 충언을 할 수 있는 것입니다!"

아카이드는 손을 들어 신하들의 갑론을박을 중지시켰다.

"그만, 그만하라."

"송구합니다."

그는 군부의 수뇌부에게 지금 현재 상황에 대해 물었다.

"지금 저들은 어떻게 하고 있다던가?"

"세작들의 첩보에 의하면 이미 운집한 군사가 50만에 육박한다고 합니다. 아마 이곳으로 진군할 때쯤엔 100만이 넘는 대군이 모여들지 않을까 예상됩니다."

"100만이라……."

어지간한 소국의 인구보다 많은 병력이 모인다는 것은 아케인 왕국의 저력이 과연 어느 정도인지 보여주는 단적인 예라고 할 수 있었다.

그들의 중앙집권은 이미 제국의 입지보다 더 탄탄하게 다

져져 아케인 왕국을 최고의 강국으로 만들어주고 있었다.

아마도 그들이 이렇게까지 강성한 세력을 유지할 수 있게 된 것은 제국이 아닌 왕국으로서 총독부를 운영하고 제후 국이 아닌 식민지로서 주변 국가들을 탄압했기 때문이다.

만약 헤이슨 제국처럼 일부 국가에게 제후국의 작위를 주 고 권력을 이양시켰다면 아케인 왕국이 지금과 같은 군사력 을 가질 수는 없었을 것이다.

더군다나 다른 곳도 아닌 내명부의 권력이 거의 정점에 달하고 있는 헤이슨 제국의 내실로선 아케인을 이길 도리가 없었다.

'처음부터 뭔가 잘못되어 가고 있었다. 이대로는 저들을 절대로 이길 수 없어.'

아카이드는 한 가지 결단을 내렸다.

"군대를 소집하라."

"폐, 폐하!"

"지금부터 전 제후국과 식민지에 군사동원령을 내리고 중 앙군을 열 개로 나누어 운영한다! 각 군의 수장들을 파견하 여 군사를 직접 징집하고 군비를 징발하도록 하라!"

"그리 되면 제후국의 반발이 만만치 않을 것입니다."

"만약 반발이 있다면 단호하게 대처할 것이다. 해당 지역 에 나누어진 군사들을 일부 회수하고 주변 국가들의 지원을 끊어버리는 고립정책을 펼친다."

"그, 그것은 제후국을 아케인 왕국의 먹이로 주는 꼴밖에
는 안 되는 처사입니다!"

"그렇다면 이보다 더 좋은 방안이 또 있는가? 그대는 황
도를 놈들의 손아귀로 넘겨주고 스스로 자결을 택하겠다는
건가?"

"……!"

"쓸데없는 자존심보다 나라의 존립을 생각하라. 지금 우
리는 바다에서 저들을 막아내지 못하면 분명히 전쟁에서 패
배하고 말 것이다. 우리가 무적 함대를 가지고 있다면 저들
은 무적의 중갑 기병과 중보병을 가지고 있다. 이제부터 전
쟁은 수 싸움이다. 누가 말을 먼저 움직이느냐에 따라서 전
쟁의 판도가 바뀔 수 있다는 소리다."

신하들은 그의 말에 동감하지 않을 수 없었다.

제후국의 왕들은 자기들 나름대로 이득을 챙기기 위하여
동분서주할 테지만, 그것은 오히려 독이 되어 돌아올 수도
있다.

헤이슨 제국의 무적 함대는 제후국의 손에서 나오는 것이
아니라 헤이슨 제국의 제도에서 나오는 것이기 때문이다.

만약 제국을 등지고 자국의 이득만을 취한다면 아케인 왕
국의 밥이 될 수밖에 없을 것이다.

아카이드는 헤이슨 제국을 제외한 모든 것을 장기판 위의
말처럼 생각하기로 했다.

"전쟁이 벌어진다면 어디가 최전방인가?"

"타르타 해역입니다."

"타르타 해역에 함대를 파견하고 해안포를 확충하도록 하라. 만약 그곳의 제후가 협조를 거부한다면 전선을 한 발자국 뒤로 물리는 전략을 펼칠 것이다."

"명을 받듭니다!"

그는 신하들에게 자신이 직접 참모들을 이끌 것이라 선언하였다.

"짐은 모든 신하를 군부로 소환하고 중앙군 총참모부를 이곳에 세울 것이다. 이제부터 모든 군사작전은 짐을 통하여 이뤄진다. 그대들은 중앙군 총참모부를 군부의 최고 수장으로 받들고 명을 받으라."

"충!"

그는 검을 뽑아 들었다.

챙!

"전 영지의 기사단을 소집하고 왕정 중앙 기사단에 합류하라. 전쟁이다!"

"명을 받듭니다!"

신하들의 얼굴에 만감이 교차하는 듯하다.

＊　　　　＊　　　　＊

어두컴컴한 늪지대 한구석에 두 개의 그림자가 드리워졌다.

스륵, 스륵.

이곳 늪지대는 헤이슨 제국의 젖줄인 웨이튼 강과 이어지는 길목에 있기 때문에 뱃길로 족히 하루면 제도에 닿을 수 있다.

나룻배를 타고 늪지대를 지나가던 레비로스와 카이란은 지도를 펼쳐 제도의 뒷길로 들어가는 수로의 위치를 확인했다.

"이곳이 두 번째 나루터이니 곧 제도로 들어가는 지하 수로로 들어갈 수 있을 걸세."

"정말이지 대단하다는 말밖에는⋯ 도대체 어떤 사람이 대륙을 일주일 만에 횡단할 수 있단 말입니까? 이건 정말⋯⋯."

지하 수로의 공기 순환 체계는 곳곳에 마정석을 설치하여 인공적인 바람을 만들어내는 형식이기 때문에 돛단배 한 척이면 능히 일주일 만에 대륙을 횡단할 수 있었다.

일반적인 뱃길과는 비교도 할 수 없는 쾌속 질주로 대륙을 가로지르는 지하 수로야말로 최고의 이동 수단이라고 할 만했다.

이제 웨이튼 강을 타고 제도로 들어가는 헤이슨 제국의 중앙 지역 수로의 입구가 이들의 눈앞에 있다.

레비로스는 늪지대를 건너가기 위해 만들어둔 나룻배를 작은 그루터기에 대놓고 중앙 지역 수로의 입구를 막고 있는 바윗덩어리 앞으로 걸어갔다.

직경이 대략 12미터에 이르는 이 거대한 바윗덩이의 뒤편에는 특수한 장치가 되어 있는데, 이것으로 인해 바위를 힘들이지 않고 밀어낼 수 있었다.

바윗덩어리 하부를 만지작거리던 레비로스는 이내 작은 홈에 손가락을 찔러 넣었다.

딸깍!

이윽고 바위 뒤편에 설치되어 있던 거대한 스프링이 움직이면서 거대한 장력이 작용하며 바위가 뒤로 밀려나기 시작했다.

그그그그그그!

바위가 밀려나고 나니 그곳에는 사람이 직접 손으로 깎아서 만든 동굴이 지하 수로까지 이어져 있다.

계단을 타고 아래로 내려간 레비로스는 다시 지하 수로의 입구를 닫고 급류가 휘몰아치고 있는 지하 수로 물길로 향했다.

솨아아아아아!

"이곳의 물살은 특히나 세다네. 아는지 모르겠지만 강변 지하에는 사람이 생각하는 것보다 훨씬 더 사나운 급류가 흐르고 있어서 만약 그것을 제대로 이용한다면 엄청난 속도로 이동할 수 있는 수단이 생기는 것이지."

"아아!"

"자, 그럼 가자고."

레비로스는 지하 수로 천장에 달려 있는 밧줄에 고리를 매달고 그것을 돛단배에 연결시켰다.

철컥!

그러자 사람의 몸이 뒤로 확 밀릴 정도의 엄청난 속도로 배가 움직이기 시작했다.

쐐에에에에엥!

"으으, 으으윽!"

"처음엔 적응하기 힘들 거야. 지금까지 이런 속도의 배를 타본 사람이 과연 얼마나 되겠어?"

카이란은 난생처음으로 시속 80㎞가 넘는 배에 몸을 실었기 때문에 스멀스멀 멀미가 올라오고 있었다.

얼굴로는 차가운 물이 마구 튀어 정신을 차릴 수 없었고, 머리는 바람에 흩날려 산발이 된 지 오래였다.

"으으, 으으으으으!"

"꽉 잡게! 이제부터가 진짜니까!"

"……?"

카이란은 자신의 앞에 펼쳐진 엄청난 크기의 절벽을 바라보며 아연실색하지 않을 수 없었다.

"어, 어어어……."

"지하 수로는 강가와 연결되어 있기 때문에 강 위에 급류가 치면 이곳에서도 급류가 칠 수밖에 없어. 그것은 폭포와도 연결되어 있다는 소리와 같아."

"포, 폭포! 그렇다면 이곳이 바로 웨이튼 폭포 지대란 말씀이십니까?!"

"그렇다네."

"허, 허억!"

무려 80개의 폭포로 이뤄진 웨이튼 폭포 지대는 인간은 절대로 횡단할 수 없는 지역으로 알려져 있다.

일부 물가에 자생하는 몬스터만이 물고기를 잡아먹기 위해 서식하고 있긴 하지만, 그 종류도 그리 많다고는 볼 수 없었다.

야생동물마저도 적응하지 못하는 웨이튼 폭포 지대를 과연 무슨 수로 횡단한다는 것인지 카이란은 그저 어리둥절할 뿐이다.

그러나 오히려 레비로스의 얼굴에는 한껏 상기된 즐거움이 묻어나고 있었다.

"좋아, 바로 이거야! 이제부터가 스릴 만점이라고 할 수 있지!"

"스, 스릴……."

제아무리 혹독한 훈련을 받은 살수라고 해도 카이란 역시 사람인지라 이렇게까지 엄청난 스릴은 즐기고 싶은 마음은 없었다.

그렇지만 황제의 최측근으로서 예비 황태자에게 밉보이고
싶은 생각은 추호도 없었다.

"후우, 마음의 준비를 단단히 해야겠군요!"

"자, 그럼 가네!"

최대한 의연한 표정으로 일관하던 카이란은 그만 자신의
의도와는 다르게도 미친 듯이 뿜어져 나오는 비명을 주체할
수 없었다.

스르르룽, 쐐에에에에엥!

거의 직각으로 떨어져 내리는 급류를 타고 아래로 곤두박
질치는 통에 카이란의 입이 저절로 열린 것이다.

"끄아아아아아아악!"

"하하하하하! 바로 이거지!"

시속 200㎞에 육박하는 이 엄청난 급류는 무려 4㎞나 지
속되다가 이내 경사가 아주 조금 낮아졌다.

촤륵, 촤륵!

돛단배가 물에 몇 번인가 튕겨 오르더니 속도가 서서히
줄어드는 것 같았다.

"휴우……."

"괜찮나?"

"아직까진 괜찮습니다."

"그래? 다행이군. 이제부터가 진짜거든."

"……?!"

무심결에 자신의 앞을 쳐다본 카이런은 저절로 고개를 가로젓게 되었다.

'오, 신이시여!'

그의 앞에는 아까와 비슷한 경사의 폭포가 무려 30번이나 반복되는 지옥의 물길이 기다리고 있던 것이다.

카이런은 차라리 눈을 감기로 했다.

"후우, 후우!"

"긴장하라고! 자, 간다!"

무려 20㎞나 되는 폭포수를 과연 인간이 견뎌낼 수 있을지 카이런은 오늘 자신의 한계를 시험하는 시간을 갖게 되었다.

*　　　*　　　*

그날 오후, 카이런은 거의 초주검이 되어 제도에 도착할 수 있었다.

쏴아아아!

그는 얼굴이 창백해진 상태로 잔잔해진 물결을 바라보며 연신 고개를 좌우로 천천히 내저었다.

"어어……."

"아마도 귀가 멍멍하고 눈앞이 핑핑 돌 거야. 나도 지금 그런 증상이 계속되고 있거든. 하지만 걱정 말게. 언젠가는 이 이명 증상도 즐기는 날이 반드시 올 테니까."

하루 종일 급물살을 타고 달렸더니 이제는 느릿한 물결을 바라보고 있기가 힘들 지경이 되었다.

오히려 느릿한 물살을 바라보고 있자니 속이 터질 것 같은 느낌이 드는 카이런이다.

'역시 사람은 적응이 빨라. 벌써 그 급물살에 적응하다니 말이야.'

잠시 후, 레비로스와 카이런이 타고 있던 돛단배가 거대한 웅덩이 앞에 멈추어 섰다.

"자, 이곳이 바로 중앙 지역 수로의 끝부분이라네. 이곳 너머의 수로를 이용하기 위해선 제도를 지나 대략 반나절 정도 걸어가야 하지."

"그렇다면 이곳이 바로 황성이 있는 시가지 바로 아래란 말씀이십니까?"

"바로 맞혔네."

배에서 내린 레비로스가 웅덩이 앞에 있는 사다리를 타고 위로 올라가자 그 위로 단단한 뚜껑이 자리 잡고 있다.

쿵쿵쿵!

레비로스가 문을 두드리자 단단한 뚜껑이 열리며 한 사내가 모습을 드러냈다.

척!

"단주님을 뵙습니다!"

"별일 없었나?"

"물론입니다!"

물에 흠뻑 젖은 레비로스와 카이란이 밖으로 나오자 사내
는 두꺼운 타월과 깔끔한 옷가지를 건넸다.

"오시는 길, 불편함은 없으셨습니까?"

"내가 만든 길에 불편할 것이 뭐 있겠나? 아주 좋은 여행
이었다네."

"다행입니다."

두 사람이 옷을 갈아입자마자 사내는 따뜻하게 데워진 수
프와 촉촉한 빵을 가져다 주었다.

"드시지요. 몸이 따뜻해지실 겁니다."

"고맙네."

레비로스는 수프를 마시며 사내에게 제국의 동향에 대해
물었다.

"제국엔 별일 없었나?"

"안 그래도 단주님께 기별하려던 참입니다. 아케인 왕국과
의 전면전이 벌어진 것 같습니다."

"전면전……!"

"헤이슨 제국의 군사들이 아케인 왕국군 지역으로 침투하
여 신혼여행 중이던 왕녀 부부를 사살하려 했답니다. 그 때
문에 아케인 왕국이 군사 100만을 일으켜 지금 남쪽으로 진

군하고 있다고 합니다."

"100만이라… 역시 아케인 왕국의 저력은 대단하군."

"그뿐만이 아닙니다. 그들은 이번에 제국을 선포하고 헤이슨 제국령 내에 있는 모든 도시를 불태우고 영지군과 시민들을 전부 다 사살하겠다고 선언했습니다."

"일이 심각하게 돌아가고 있군. 도대체 어떤 빌어먹을 자식이 그런 엄청난 일을 벌인 것이지? 안 그래도 칼번은 한 번쯤 군사를 일으켜 세력을 확장할 생각을 하고 있었을 터, 이번 사건은 그 물꼬를 트는 빌미가 되었을 뿐이다."

"아무튼 사태가 점점 심각해집니다. 이제 곧 아케인 왕국군이 턱밑까지 쳐들어올 것 같습니다."

"흠……."

카이런은 하루라도 빨리 레비로스가 황궁으로 입궐하여 황태자 위에 앉는 것이 옳다고 생각했다.

"전하, 어서 빨리 폐하를 알현하고 군부에 들어가시는 것이 어떻겠습니까?"

"아니, 아니다. 아직은 때가 아니야."

"하지만 지금이 아니면 언제 또 군부를 장악할 기회가 생길지 아무도 알 수 없습니다."

레비로스는 풍운 협객단에게 명령을 내렸다.

"자부."

"예, 단주님."

"지금 당장 나의 서신을 형님인 폐하께 전하고 만남을 주선하여라."

"그분을 이리로 모시고 오는 것입니까?"

"아니, 그건 너무 위험하다. 보는 눈이 많다고 해도 황궁으로 내가 직접 잠입하는 편이 좋겠어."

"예, 알겠습니다. 그리하겠습니다."

협객단의 소식통이자 자객인 자부가 순식간에 자취를 감추었다.

팟!

어찌나 빠르게 움직였으면 극한의 단련을 받은 카이란마저 그의 행동을 제대로 감지 할 수 없을 정도였다.

'빠르다. 도대체 어떻게 훈련을 해야 인간이 저런 경지에 이를 수 있단 말인가?!'

레비로스는 감탄에 젖어 있는 그를 데리고 건물 2층에 있는 식당으로 향한다.

"가세. 이곳은 여관으로 위장한 기지이기 때문에 먹을 만한 음식이 꽤 있을 거야. 식사나 하면서 자부를 기다리자고."

"예, 전하."

"아 참, 그리고 앞으로 나를 부를 땐 황자가 아니라 단주라고 불러주게. 우리 풍운 협객단 중에서도 내가 황자라는 사실을 아는 사람은 드물거든."

"알겠습니다, 단주."

"자, 그럼 식사나 좀 해볼까?"

두 사람은 오랜만에 제대로 된 식사를 즐기기 위해 식당
으로 향했다.

제7장
상봉

　이른 새벽, 황제 아카이드의 처소로 한 사내의 신형이 미끄러지듯이 빨려들어 왔다.

　슈아아아악!

　새벽에 일어나 한창 집무에 열중하고 있던 아카이드는 펜을 잡고 있던 손을 멈칫했다.

　"…웬 놈이냐?"

　"풍운 협객단에서 왔습니다."

　"협객단?"

　"협객단 서신 담당 자부라고 합니다."

　"무슨 용무 때문에 목숨을 건 것이냐?"

"단주께서 폐하를 알현하고자 저를 보내셨습니다."

"……?"

그는 아카이드에게 황가를 상징하는 인장을 건네주었다.

"단주께서 지니고 계시던 물건입니다."

"……!"

아카이드는 이것이 바로 자신의 동생 레비로스가 어려서부터 가지고 다닌 인장이라는 것을 알 수 있었다.

이것은 그가 직접 동생에게 준 징표로, 언젠가 그가 다시 황도로 되돌아올 날을 기약하며 건넨 것이다.

그는 가슴속 깊은 속에서부터 울컥하고 뜨거운 감정이 치솟아 올랐다.

"…내 동생은 지금 어디에 있나?"

"풍운 협객단 헤이슨 제도 본부에 계십니다. 아마 서너 시간쯤 뒤에 이곳으로 잠입할 것으로 예상됩니다."

"짐이 직접 가겠다. 그곳이 어디인가?"

자부는 고개를 가로저었다.

"안 됩니다. 폐하께서 직접 움직이시는 것은 너무 위험하다고 단주께서 오신다고 전하라고 하셨습니다."

"그렇지만……."

"이 또한 두 분 형제를 위한 일입니다. 불편하시더라도 따라주시지요."

그는 마지못해 고개를 끄덕였다.

"그래, 무려 30년을 기다렸다. 그런데 고작 몇 시간을 더 못 참겠는가?"

아카이드는 엘프족 혈통보다는 황제가 총애하던 순수 헤이슨의 혈통들과 친하게 지내며 유년 시절을 보냈다.

그의 어린 시절 추억 속에는 엘프족 혈통은 없고 오로지 헤이슨의 순수 혈통만이 남아 있었다.

그런 추억 중에서 지금 그의 주변에 살아남아 있는 사람은 아무도 없었다.

한마디로 레비로스는 그가 가진 추억 중 유일한 사람인 것이다.

"그럼 저는 이만……."

"그래, 그리하라. 짐은 술자리를 좀 마련해 봐야겠다."

"예, 폐하. 그럼……."

아카이드는 조금 들뜬 마음으로 술자리를 마련한다.

"엑시든."

"예, 폐하."

침소 천장에 매달려 있던 자객단 부단주 엑시든이 그의 앞에 모습을 드러냈다.

"아주 조용히 술자리를 마련해 줄 수 있겠나?"

"존명!"

이제 아카이드는 자신이 동생을 떠나 보낼 때 담가둔 술을 찾기 위해 황제의 직할 연무장으로 향했다.

　　　　　*　　　　　*　　　　　*

　같은 시각, 내명부의 처소에도 사람이 찾아왔다.

　"마마, 소인 제니입니다."

　"무슨 일인가?"

　"황제께서 연무장으로 납시었다고 합니다."

　"…이 새벽에?"

　"예, 마마."

　아카이드의 제3 황비이자 내명부 엘프족 세력의 중추적 인물인 엘루니아는 남편의 사방에 눈과 귀를 대놓고 있었다.

　그가 언제 일어나 움직이고 자는지, 심지어 언제 볼일을 보는가도 세세히 관찰하고 있었다.

　지금과 같이 연무장 출입을 새벽에 하는 일은 아주 드문 경우라고 볼 수 있었다.

　"눈과 귀는 붙여두었느냐?"

　"예, 마마. 물론입니다."

　"그래, 그럼 되었다. 그만 나가보아라."

　"그럼……."

　결혼하고 나서 지금까지 단 한 번도 사사로이 자신을 찾은 적이 없는 아카이드이지만 그녀는 그에 대해 전부 알고 있었다.

두 사람이 단 한 번도 합궁을 하지 않은 것은 아니다.

합궁은 황제의 중요한 임무 중 하나인 후계자 생산에 관련된 일이기 때문에 아무리 황제라고 해도 반드시 지켜야 할 것 중의 하나였다.

만약 피치 못할 사정이 생긴다면 모를까, 황제는 반드시 정해진 날짜에 정해진 순번대로 내명부의 여인들과 잠자리를 가져야 한다는 법이 있었다.

이것을 대놓고 어긴다면 문벌 귀족들이 그를 지탄할 것이고, 황제의 위신은 바닥으로 떨어질 것이다.

때문에 그는 정을 주지는 않았어도 기계적으로 그녀를 몇 번인가 안은 적이 있었다.

하지만 그 이후엔 10년 동안 거의 합궁을 한 적이 없고, 아카이드는 의도적으로 그녀와의 합궁을 피해왔다.

하필이면 합궁 날짜에 아프다든가, 중요한 집무로 인해 합궁이 불가하다든가 하는 일이 비일비재했다.

한마디로 그는 그녀를 여자로 생각하지도 않았다는 얘기다.

하나 비록 정을 통하지는 않았다고 해도 인간 아카이드의 세세한 부분까지 알고 있어야 하는 것이 그녀의 임무였다.

그녀는 오늘도 뜬눈으로 밤을 지새울 작정이다.

"낭군께서 잠을 못 주무시는데 나라고 잠을 잘 수가 있나?"

과연 연무장에서 무슨 일을 하는 것인지 알아보기 전까지 진 절대로 잠자리에 들지 않을 그녀이다.

그녀는 사람을 보내놓고도 마음이 놓이지 않았다.

"…또 어떤 년을 품으려고 이 밤에 걸음을 하시는 거람?"

자신이 마지막 황비인 데다가 단 한 명의 첩도 들이지 않은 황제에게 여자가 있다는 것은 어불성설이다.

그는 철저한 금욕주의자로서 황제가 누릴 수 있는 호사를 금해온 사람이다.

하지만 그녀는 결혼 이후로 자신을 단 한 번도 찾지 않은 황제가 분명 다른 여자를 만나고 있다고 확신했다.

그녀는 황제에게 접근하는 여자들은 지위 고하를 막론하고 모두 다 죽였으며 사소한 접견이라도 절대 간과하지 않았다.

"…걸리면 당장 죽여 버릴 것이다!"

결혼 20년 동안 지병처럼 얻은 의부증은 이제 그녀의 정신세계마저 혼란하게 만들어 버렸다.

챙!

검을 챙겨 든 그녀가 침소의 문을 열었다.

철컹!

"어라?"

하지만 문은 열리지 않았고 밖에선 인기척도 느껴지지 않았다.

"여봐라! 게 누구 없느냐!"

여전히 인기척은 전혀 느껴지지 않았으며 누군가의 숨소리조차 들리지 않았다.

그녀는 누군가 자신을 수행하는 사람들을 모두 다 제거하고 별궁의 문을 걸어 잠갔다고 확신했다.

"암살?!"

내명부의 권력이 점차 강력해지고 있으니 부부의 정 따윈 없는 황제가 그녀를 암살한다는 것도 불가능한 얘기는 아니었다.

그러나 그녀는 이 일로 인하여 문벌 귀족들이 다시 한 번 들고일어날 터이니 절대로 그럴 일은 없다고 생각했다.

"전면전이 일어난 마당에 우리를 적으로 돌린다면 나라 안팎을 다스리기가 여간 힘들지 않을 터, 도대체 누가 이런 짓을?"

가만히 생각에 잠겨 있던 그녀의 앞에 한 사람의 신형이 스쳤다.

파밧!

"사, 사람?!"

그녀는 다시 한 번 별궁의 문을 힘껏 밀었다.

끼이이익!

"열렸어?!"

아주 작은 문틈 사이이지만 엘프족 특유의 오감을 가진

그녀에겐 충분히 확보될 시야였다.

그녀는 범인을 잡기 위해 검을 들고 복도를 내달리기 시작했다.

"이놈, 거기 서지 못하겠느냐?!"

야밤에 칼을 들고 뛰어다니는 그녀의 모습은 누가 보아도 정상적으로 보이지는 않았다.

하지만 바로 그때, 그녀의 눈앞에 믿을 수 없는 일이 벌어졌다.

"…엘루니아?"

"나, 낭군님?! 이 야심한 시각에 이곳엔 어인 일로……."

"남편이 아내의 침소를 찾는 일이 그리 이상한 일인가? 하긴, 내가 도통 그대를 찾지 않았으니 이상할 만도 하지."

"그, 그건……."

"내가 날을 잘못 잡은 듯하군. 나중에 다시 찾아오리다."

"아, 아닙니다, 낭군님! 어서 침소로……."

아카이드는 고개를 가로저었다.

"엘루니아, 그대의 모습을 한 번 거울에 비춰보시게. 오늘이 과연 합궁에 적절한 날인지 말이야."

"……."

"그럼 나는 이만 가리다."

아카이드는 이내 등을 돌려 버렸고, 그녀는 그 자리에서 스르르 무너져 내리고 말았다.

"아아! 이건 모함이야! 누군가 나를 모함하려 하고 있다고!"

그녀의 통곡 소리가 별궁 안을 가득 채웠지만 아카이드는 뒤도 돌아보지 않았다.

＊　　　　＊　　　　＊

아카이드는 엘루니아의 침소에서 돌아오는 길에 자객단 부단주의 보고를 받았다.

"하명하신 일을 모두 마무리했습니다."

"뒤처리는 깔끔하게 했겠지?"

"물론입니다."

유명무실한 부부일지라도 몇 번이고 속궁합을 맞춰본 사이는 뭔가 달라도 다른 법, 아카이드는 어떻게 하면 엘루니아가 내일까지 자신에게서 눈을 돌릴지 잘 알고 있었다.

그녀는 아카이드와의 합궁이 틀어지면 반드시 좌절하여 술을 퍼마실 테니 내일까진 결코 황제의 침소에 관심을 갖지 않을 터였다.

자객단은 미리 내명부로 잠입하여 순번표를 조작해 엘루니아를 보필하는 시녀들을 전부 집으로 돌려보냈다.

내명부에는 주기적으로 시녀들을 집으로 돌려보내는 휴가 제도가 있기 때문에 순번표가 꼬이게 되면 전부 집으로 돌아가 쉴 수 있는 기회가 생기게 된다.

시녀장은 순번표가 조작되었다는 사실을 모른 채 그녀들의 휴가중에 서명해 주었다.

그러니 누구 하나 다치지 않고 아주 자연스럽게 별궁이 비게 되는 상황이 된 것이다.

자객단은 그녀의 침소 밖을 단단히 걸어 잠그고 마치 누군가 자객을 보낸 것처럼 분위기를 몰아갔던 것이다.

근 10년 동안 황제와의 사이가 소원하던 그녀는 결국 자신만의 오해로 스스로를 망치게 된 셈이다.

아카이드는 만족스러운 표정을 지었다.

"그녀에겐 미안하지만 어쩔 수 없지. 이렇게 좋은 날에 그런 감시를 받아서야 쓰겠나?"

"하지만 눈이 하나 더 있습니다. 내명부 직속 정보원들이 아직 궁 안에 남아 있습니다."

"그들은 그냥 두게. 어차피 내 침실까지 침입할 수는 없을 테니."

"예, 알겠습니다."

황제의 침실에는 무려 50명이나 되는 자객이 상주하고 있고, 그 주변에는 황제 친위대, 황정 근위대, 황궁 수비대가 주둔하고 있다.

만약 정신이 나가지 않았다면 절대 황제의 침소 인근까지 침입하는 사람은 없을 것이다.

그나마 엘루니아만이 황제의 침실로 쳐들어올 유일한 인물이었으니 그녀만 처리하면 시끄러울 일은 전혀 없을 터였다.

아카이드가 침소의 문을 열었을 때, 그의 침소에는 소박한 술상이 차려져 있었다.

바다에서 갓 잡아온 생선회와 민물고기 구이, 그리고 아직 덜 큰 꿩고기가 술안주의 전부였다.

그렇지만 아카이드에게 있어선 꽤나 만족스러운 술자리였다.

"으음, 좋아. 요란하지 않고 가벼워서 좋군."

"폐하의 취향대로 맞춰봤습니다. 마음에 드신다니 다행입니다."

잠시 후, 아카이드의 침소로 한 인영이 아주 빠른 속도로 쇄도해 들어왔다.

쐐에에에에엥!

휘릭!

마치 동화 속에 나오는 귀신처럼 아주 은밀하고도 유연한 움직임이었기에 결코 사람이라는 생각은 들지 않았다.

그저 그림자 하나가 스쳤나 싶을 정도로 조용한 쇄도였기에 자객단 전체는 흠칫 놀랄 수밖에 없었다.

"사, 사람⋯⋯?!"

"뭐라?"

바로 그때, 그림자가 사람의 신형으로 변하였다.

스스스스!

어둠 속에서 모습을 드러낸 사람은 다름 아닌 레비로스 황자였다.

"혀, 형님."

"레비로스! 아아, 내 동생아!"

아카이드는 지금껏 혈혈단신으로 모진 세월을 견뎌내 왔을 동생을 와락 끌어안았다.

"미안하다! 조금 더 빨리 찾아야 했거늘!"

"아닙니다. 지금이 우리가 만나기에 최적의 시기라고 생각됩니다."

스무 살의 꽃답던 레비로스는 온데간데없고 중년의 풍운 협객단주만이 이곳에 서 있다.

아카이드는 세월의 풍파에 많이 상해 버린 그의 얼굴을 바라보며 한숨을 내쉬었다.

"후우, 네가 마지막 황가의 핏줄이 될 것이라 생각하고 멀리 보내긴 했다만 너무 멀리 보낸 것은 아닌가 싶구나."

"그렇지 않습니다. 만약 어중간히 도망쳤다면 지금쯤 저는 이 세상에 없는 사람이 되었을지도 모릅니다. 그리고 형님께서 안배해 두신 세력이 아니었다면 풍운 협객단 역시 꾸릴 수 없었겠지요."

"장하구나. 이 황궁을 떠나 설원 지대에 버려졌어도 이렇게 씩씩하게 자라주었다니."

"씩씩하게 자랐다니, 중년에게 할 소리는 아닌 것 같군요."

"아아, 그런가? 내가 잠시 나이를 잊은 모양이다."

"가끔은 나이를 잊는 것도 세상을 행복하게 살아가는 한 방법이라고 어떤 음유시인이 그러더군요."

"그래, 맞다. 오늘은 좀 마시자꾸나."

"좋지요."

아카이드는 홀로 된 지 30년 만에 처음으로 환한 미소를 지었다.

                    *   *   *

술잔이 한 번씩 비워져 가는 동안 형제는 서로에 대해 조금씩 더 많은 것을 알아가고 있었다.

아카이드는 황궁 내에서 벌어진 서열 싸움과 내명부의 지독한 권력욕, 그리고 고독함에 대해 토로하였다.

레비로스는 홀로 대륙 전역을 돌아다니면서 배운 살법과 잠행술, 그리고 여러 사람들에 대해 말해주었다.

비록 허허벌판에 버려져 험난한 삶을 살았지만 레비로스는 지하 수로를 파내는 모든 과정을 겪으면서 꽤나 자유롭고 파란만장한 삶을 영유해 왔다.

아카이드는 자신이 레비로스와 삶이 바뀌었다면 그 모든

것을 해낼 수 있었을까 싶었으나 레비로스 역시 자신이 황제가 되었다면 벌써 죽었을 것이라고 생각했다.

"어느 인생이든 자신에게 어울리는 자리가 있습니다. 형님에겐 그곳이 황궁이었고 저에겐 그곳이 대륙이었던 것이죠."

"그래, 부럽긴 해도 만약 나였다면 해내지 못했을 일들이지."

"언젠가 기회가 된다면 지하 수로를 구경시켜 드리고 싶습니다. 제가 무려 30년 동안이나 공을 들여 만든 지하 수로는 전 세계 어느 곳을 가든지 풍운 협객단을 통해 연결되어 있습니다. 만약 그것을 탄다면 충분히 전 세계를 다 돌아다녀 볼 수 있을 겁니다."

"기대가 되는군. 태어나 지금까지 황궁을 벗어나 본 적이 없는 나로선 그 모든 것이 꿈만 같은 얘기야."

"세계는 넓고 할 일은 많습니다. 만약 형님께서 저를 부르시지 않았다면 아직도 세계를 탐험하고 있을지도 모르지요."

"미안한 말이지만 이제 그 자유로운 영혼을 황궁에 속박시킬 때가 되었어."

"잘 알고 있습니다. 각오한 일이기도 하고요."

아카이드는 아마도 레비로스가 황궁에서 제대로 적응하기 힘들 것이라는 사실을 어느 정도 짐작하고 있었다.

평생을 이곳에서 살아온 자신도 이렇게 숨이 막히는데 젊은 시절을 밖에서 보낸 레비로스야 말할 것도 없을 터였다.

"모든 것은 순수 혈통을 위한 일이야. 앞으로는 우리 형제처럼 내명부의 뜻에 휘둘려 형제를 잃는 일이 벌어져선 안 된다. 이제부턴 우리 헤이슨 황가의 핏줄만이 이 황궁을 지배하게 될 것이야."

"그 순간을 위해서 지금까지 우리 형제가 피땀을 흘려온 겁니다."

레비로스는 어느새 모두 다 비워지고 단 한 잔 남은 술을 나누어 두 사람의 잔에 따랐다.

"마지막 잔입니다. 드시지요."

"한 병 더 마시는 것은 어떨까?"

"안 됩니다. 술자리가 너무 길어지면 남들이 의심할 겁니다."

"…제길, 이놈의 황궁은 회포도 제대로 풀지 못하는 곳이군."

"언젠가 이 삭막한 황궁에서 터놓고 술을 마시게 될 날이 반드시 올 겁니다. 제가 약속하겠습니다."

"그래, 네가 황제의 위에 오르는 순간, 나 역시 모든 것을 내려놓고 자유롭게 살아갈 날이 오겠지. 물론 그때까지 내가 건강하다는 전제하에 말이야."

"건강하셔야지요. 어디 아프신 곳이라도……."

"후후, 아직은 없어. 그냥 좀 힘이 달린다고나 할까?"

"그게 다 금욕 생활 때문입니다. 남자는 금욕하는 순간 점점 늙어갑니다. 아주 유명한 파계 사제가 이런 말을 했지요. 성자는 금욕하기 때문에 일찍 죽는 것이다."

"…나름대로의 속죄였다고 생각해."

"이제는 그럴 필요 없습니다. 마음껏 즐기십시오."

아카이드는 고개를 끄덕였다.

"그래, 힘에 부치겠지만 한번 시도해 보지."

"반드시 그래야 합니다."

"물론."

두 사람은 마지막으로 남은 잔을 비웠다.

*　　　　*　　　　*

니케이츠 왕국의 서부 국경 지대가 뚫리면서 신성 제국 성기사단은 불과 나흘 만에 왕도를 빼앗기고 전멸을 당하기에 이르렀다.

하진은 드래곤 연합을 이끌고 동부 대륙 중서부 지역 최대 상업 도시인 니케이츠 왕국의 트레이슨을 장악했다.

트레이슨은 원래 트레이슨 공국이라는 이름으로 왕국 안의 또 다른 자유무역도시로 자리매김하고 있었으나 성기사단이 니케이츠 왕국을 점령하고 나서는 그 공국의 지위를 잃고 상인들의 발걸음도 점차 뜸해지고 있었다.

성기사단은 이곳에 통행 관세를 포함한 세금 20%를 부과하였는데, 물건을 팔고 사는 과정을 병사들이 일일이 감독하고 전체 금액의 20%를 그 자리에서 징수하는 제도를 펼치고 있었다.

이 과정만으로도 장사치들이 떠나가게 마련인데 성기사단은 여기에서 부과세라는 명목으로 다시 15%의 세금을 더 징수하였다.

실정이 이러했으니 당연히 니케이츠 왕국이 가난해질 수밖에 없었던 것이다.

하진은 포로로 잡은 신성 제국 총독군단장 마이튼 백작을 트레이슨의 대광장 분수대에 묶어두고 시민들로 이뤄진 재판을 열었다.

"이 사람은 왕국이 가난해지도록 만든 장본인이며, 그대들을 억압한 군대의 수장이다! 지금까지 총독군이 유야무야 빼돌린 성노만 무려 수만 명에 달하며, 지금은 그들의 생사조차 알 길이 없다! 이것이 과연 성스러운 신을 수호한다는 기사단이 할 짓인가?!"

"옳소!"

"돌로 쳐 죽입시다!"

"아니, 물고문을 한 후 화형에 처합시다!"

"죽여라! 죽여라!"

하진은 트레이슨이 이곳에서 살아나갈 수 없을 것이라는

사실을 잘 알고 있었다.

그렇지만 시민들이 야만적으로 사람을 때려죽이도록 가만히 내버려 두는 것도 문제가 있다.

그는 절충안을 찾아냈다.

"이놈에게 죽을 때까지 방앗간 노비로 부역하게 하는 것이 어떻겠습니까?"

"노비?"

"이제 니케이츠 왕국에 노비는 없습니다. 다만 이놈처럼 중죄를 지은 범죄자들만이 부역을 담당하게 되는 것이지요."

"으음, 그것도 그리 나쁘지는 않은 일 같은데?"

"자유란 없습니다. 죽을 때까지 거대한 탈곡기를 홀로 돌리면서 쓸쓸하게 살아가겠지요. 이것보다 더 고통스러운 삶이 또 있겠습니까?"

"그래도 살아 있는데, 그게 어떻게 제대로 된 형벌입니까?!"

"살아 있다. 그래요. 이자는 평생 나이가 차서 죽을 때까지 살아갈 겁니다. 그러나 지금 그의 백작이라는 작위가 노예가 되었을 때는 엄청난 고통으로 다가올 겁니다. 그래도 자결이나 도망은 꿈도 못 꿉니다. 만약 이런 상황이라면 죽음이 나을까요, 노역이 나을까요?"

"하긴 그건 그렇군."

"이제부터 이놈은 사람이 아닙니다. 개돼지보다 못 한 짓을 저질렀으니 그와 같은 대우를 받아야 마땅하지요."

"옳소! 놈을 죽을 때까지 매질하며 혹독하게 굴립시다!"

마이튼은 하진에게 고래고래 소리를 질렀다.

"이런 말도 안 되는 일이 다 있나?! 이 세상의 어떤 작자가 귀족을 잡아다 노역을 시킨단 말인가?! 너희들의 기사도는 적장을 죽이지 않고 희롱하는 것이냐?!"

"죗값을 받는 것뿐이다. 그저 네가 지은 죄를 속죄하기 위해 부역하는 것일 뿐, 그 이상도 그 이하도 아니다."

"……."

"죽을 때까지 죗값을 치르면서 살아라!"

하진은 빨갛게 달궈진 인두를 꺼내 들었다.

치이이이익.

"이것은 속죄를 위한 다짐을 끝까지 잊지 말라는 징표다!"

"끄아아아악!"

'죄인'이라는 글귀가 새겨진 인두를 마이튼의 이마에 가져다 대자 그의 살이 타는 냄새와 함께 아주 진한 낙인이 찍혔다.

이제 그는 유배지에서 탈출한다고 해도 절대 자유인으로 살아가지 못할 것이다.

자존심에 큰 상처를 입은 그가 축 늘어지자, 하진이 병사들에게 달구지를 가지고 올 것을 명령했다.

"죄인이 끌고 갈 달구지를 준비하라. 생활하는 데 필요한 것들을 싣고 직접 달구지를 몰아 유배지까지 갈 것이다."

"예, 대장님!"

"그리고 놈의 옷을 넝마로 갈아입히고 입에 재갈을 물려라."

"알겠습니다!"

하진의 처사가 너무하다고 생각하는 사람도 더러 있긴 하겠지만 그것은 사람을 개보다 못 한 취급을 한 그에게 가장 잘 어울리는 형벌이었다.

어깨와 허리에 달구지와 연결된 끈을 매달고 나니 영락없는 노예 마차가 탄생하였다.

마이튼은 자신이 노예들에게 그랬듯 짐승보다 못 한 취급을 받으며 달구지를 끌었다.

촤락!

"어서 움직여라!"

"크윽!"

"움직여라!"

촤락, 촤락!

마구 가해지는 채찍질과 수많은 군중의 야유 속에서 달구지를 몬다는 것은 죽음보다 더 고통스러운 일이었다.

더군다나 그의 치부가 훤히 다 드러나는 넝마에 재갈까지 물고 있으니 이것이야말로 사람의 정신을 말살하는 일이 아니고 또 무엇이겠는가?

그는 이제 서서히 자신을 내려놓기 시작했다.

"……."

드륵, 드륵!

달구지는 그의 발걸음에 따라 조금씩 움직이기 시작했고, 군중들은 그런 그를 따라가며 돌팔매질을 했다.

퍽퍽퍽!

"에잇, 이거나 먹어라!"

"빌어먹을 놈! 사라진 내 딸들은 어떻게 할 것이냐?!"

"돌팔매질이나 실컷 하자! 저런 놈들은 좀 맞아야 해!"

사라진 딸들과 아들을 가진 이들은 다시는 볼 수 없을 자식들의 모습을 그리며 힘껏 돌팔매질을 했다.

그나마 병사들의 방패가 간간이 돌을 막아주긴 했으나, 그의 몸에선 이미 엄청난 양의 피가 흘러내리고 있었다.

"……."

"이러다 죽겠소! 그만 던지시오!"

"흥! 내 자식에 대한 복수다!"

"복수는 이놈이 살아가는 내내 하게 될 것이오! 그러니 돌은 던지지 마시오! 지금 죽으면 형벌이 다 무슨 소용이오?!"

그제야 돌을 거두어들인 시민들은 순순히 그를 보내주었다.

"잘 가라! 평생 그곳에서 썩으며 죽은 내 자식들에 대한 죄를 깨끗이 씻어라!"

"…미안하게 되었다."

"흥, 죽지 않고 살아 있는 것에 감사해라! 가우스트 장군이 아니었다면 네놈은 진즉 죽었을 것이다!"

"가우스트……."

그는 죽을 때까지 가우스트라는 이름을 절대 잊지 못할 것이다.

*   *   *

니케이츠 왕국은 자경단이 독립운동을 벌이고 있을 만큼 자치 정부에 대한 열망이 강했기 때문에 시민들이 스스로 지도부를 옹립하고 정식으로 정부를 수립하였다.

국민이 뽑은 지도자는 자경단 푸른 늑대단의 단장인 마리드였다.

마리드를 중심으로 각 내각을 수립해야 하는 상황에 놓였는데, 하진은 그들에게 정치 자문을 해주어 정부의 뼈대가 서도록 도와주었다.

통령으로 나라를 이끄는 마리드의 측근으로 사법부, 국방부, 행정부, 노동부 등 국가 각처와 각부를 만들어주고 그 안에서 헌법을 제정하여 살아갈 수 있도록 해주었다.

이제 곧 국민의 투표로 법안을 개정하고 입법시키는 국회가 들어설 것이고 통령은 그들과 함께 나라의 살림을 이끌어 나갈 것이다.

그 이외의 것은 차차 니케이츠 왕국이 진통을 겪으면서 개정해 나가야 할 몫이다.

하진은 이곳에 성벽을 세우고 아이언 캐넌 등을 배치해 주며 연합군에 입대할 청년들을 모집하였다.

니케이츠 왕국의 인구는 여타 다른 식민지에 비해 월등히 많기 때문에 군에 입대할 장병 역시 꽤 많았다.

입대 공고를 붙인 지 불과 보름 만에 무려 1만 5천에 달하는 청년이 연합군에 입대하겠다며 자원입대 원서를 냈다.

이제 하진은 2만이 넘는 군세를 이끄는 군부의 수장이 되었으며, 마지막 남은 1차 원정의 종착지인 알렌스 왕국으로 진군할 때가 되었다.

1만 5천의 신병을 전부 훈련시킬 임시 훈련장을 만들어놓은 하진은 6천의 군세를 이끌고 동부 대륙 최고의 황금 어장인 알렌스 왕국을 향해 진군하기로 했다.

이미 드워프족의 무기로 중무장한 6천의 병사들은 육로를 이용하여 알렌스 왕국의 남부 지역을 공략할 예정이다.

진군하기 전 하진은 일주일간 군대를 정비하면서 군사 체계를 대대적으로 개편하였다.

이제 막 입대한 신병들은 훈련병, 한 달 후에 자대로 배치받는 병사들에게 이등병 계급을 부여하였다.

    사병들은 총 네 개의 계급으로 되어 있으며, 그 위에 다섯 개의 부사관 계급을 두었다.

    이등병을 시작으로 일병, 상병, 병장으로 이뤄진 것이 사병들의 계급이고, 이들은 각각 일정한 공훈이 있을 때마다 진급할 수 있게 하였다.

    물론 시간이 지나면서 자연적으로 계급이 상승하는데 이등병에서 일병으로 진급하는 데엔 1년, 일병에서 상병은 2년, 상병에서 병장은 3년이다.

    병장 계급의 대우는 준기사급에 달했다.

    그 부사관은 병사들이 일정한 시험을 통과하여 진급하게 되는데, 하사, 중사, 상사, 일등 상사, 원사 순이다.

    이들 계급은 진급시험을 통해 정해지기도 하지만 각 계급의 진급시험은 일정한 복무 기간을 채워야만 응시할 수 있었다.

    하사는 4년, 중사는 8년, 상사는 10년, 일등 상사는 15년, 원사는 20년 이상이다.

    지금 부여된 부사관 계급은 그들이 세운 공훈에 따라서 정해진 것이지만 더 이상의 특진은 많지 않을 것으로 보였다.

    장교들의 계급은 기사 중에서도 특수한 훈련을 받은 자들에 의해 갈리는데, 현재 백인대장을 대위로 명하고 그 휘하에 중위와 소위를 차례대로 배속시켰다.

소위가 되는 자격은 부사관으로 4년 이상 복무해야 하며, 기사 작위 취득을 위하여 2차 전직 이상의 능력치를 가지고 있어야 가능했다.

2차 전직이 된 기사 중에서도 꽤 어려운 테스트를 통과해야지만 소위라는 계급장을 달 수 있었다.

그 이후의 장교 계급은 철저히 공훈과 복무 기간에 따라서 진급되기 때문에 시험은 존재하지도 않게 하였다.

장교들이 치열하게 공훈 싸움에 열을 올리게 되면 병사들이 자칫 피해를 볼 수도 있기 때문에 하진은 장교들이 진급하는 데 가장 중요한 점수인 '병사들의 호감도'와 '친밀도'라는 제도를 마련하였다.

병사들 모르게 장교들이 병사들을 얼마나 잘 관리하고 친밀하게 지내는지를 부사관 중 한 명이 특명을 받아 관찰하여 기록하는 것이다.

그 밖에 소령, 중령, 대령은 인원에 제한이 있었고 선별에도 꽤 까다로운 기준이 적용되었다.

대령까지가 일반 장교이고 그다음 장성들은 하진의 측근처럼 장수의 능력치를 가지고 있으며 영혼석을 이용한 각성이 이뤄져야 등용이 가능했다.

이렇게 하여 계급제도를 개편한 하진은 군대를 분대, 소대, 중대, 대대, 연대, 여단, 사단, 군단, 군, 사령부로 나누어 체계적으로 인원을 배치하였다.

현대식 군대에 중세 특유의 감성을 더한 군대 개편은 연합군을 한층 더 성숙한 집단으로 만들어주었다.

이른 아침, 어깨에 별 세 개를 단 해리슨이 하진의 막사를 찾았다.

"사령관님, 이제 출정 준비가 모두 끝났습니다."

"그렇군."

하진은 막사에서 나와 질서 정연하게 도열해 있는 병사들을 바라보았다.

그들의 눈에는 총명한 이기가 서려 있었지만 첫 원정부터 함께한 병사들은 상당히 지쳐 있는 눈치였다.

"이번 전투가 끝나면 두 달 동안 꼼짝하지 않고 내정을 다스리고 연합군을 안정화 시키는 작업에 들어가야겠어. 병사들도 상당히 피곤해 보이고."

"그래도 병사들의 등급과 레벨이 상당히 많이 올랐습니다. 이제 평균적인 능력치로는 다른 왕국의 병사들이 우리 말단 병졸의 발바닥도 못 핥을 겁니다."

"그래, 오랜 원정 끝에 얻는 것이 있어야지."

하진도 이제 슬슬 마지막 레벨인 150lv을 목전에 두고 있었다.

아마도 이번 원정이 끝날 때쯤엔 맥시멈을 찍고 영혼석을 이용한 각성에 주력하게 될 것이다.

사령관 캐릭터는 총 두 번의 각성을 할 수 있는데, 첫 번째 각성은 마지막 레벨인 150을 달성해야 이룰 수 있다.

첫 번째 각성 이후엔 레벨 제한이 250까지 풀어져 새로운 만렙을 달성한 후에 두 번째 각성을 할 수 있다.

지금까지 그 어떤 누구도 두 번째 각성을 이뤄낸 사람이 없을 정도로 무한의 영주 두 번째 각성은 불가능에 가깝다고 알려져 있었다.

이제 하진은 게임이 현실이 된 이곳에서 아무도 이뤄내지 못한 두 번째 각성을 새로운 목표로 잡았다.

'강해지는 것이다. 그것만이 내가 이곳을 바로잡을 수 있는 유일한 길이야.'

오늘도 하진은 어김없이 검을 빼들었다.

챙!

"진군하라!"

"와아아아아!"

6천의 병사를 이끌고 하진은 동쪽으로 진군하기 시작했다.

제8장
휴식

　알렌스 왕국으로 가는 길목에 있는 도시들은 총 18개로,
이들 도시는 각각 3천의 병사를 수비군으로 상주시키고 있
었다.

　그러나 불과 일주일 전부터 병력을 조금씩 감축하더니 이
내 절반에 가까운 병사들이 남부로 내려가 돌아오지 않았
다.

　이제 알렌스 왕국의 수비 병력은 1만 5천에 불과했으며,
총독부의 관저 역시 서서히 비어가는 추세였다.

　이것은 헤이슨 제국이 현재 아케인 제국과의 전면전에 집
중해 있기 때문에 벌어진 현상인데, 중앙군을 한군데로 모

아 수비 병력을 확충하다 보니 알렌스 왕국에 주둔시킬 병력이 없는 것이다.

그나마 직속 제후국이었다면 지배력이 이렇게까지 약해지지는 않았을 테지만, 알렌스 왕국은 헤이슨 제국과 무려 한 달 거리나 떨어져 있는 곳이다.

아무리 지배력이 좋은 제국이라고 해도 이들을 전부 관리한다는 것은 사실상 불가능한 일이었다.

헤이슨 제국은 자국의 영향력이 약해질 곳이라면 과감히 버리고 식민 통치를 포기하는 전략을 취하고 있었던 것이다.

덕분에 엘렌스 왕국은 헤이슨 제국과 식민 통치 중단과 함께 평화적 해방에 대한 조약을 맺게 되었다.

헤이슨 제국이 이곳에서 철수할 때까지 그들에게 그 어떤 피해도 입히지 않으며, 왕국의 재산이 아닌 그들의 재산은 일체 건드리지 않는다는 것이 그 조건이었다.

아무리 전시라곤 해도 헤이슨 제국이 이 정도로 물러난다는 것은 그들이 식민지를 얼마나 신사적으로 통치했는지 잘 알려주는 단면적인 사례이다.

이 밖에도 평화협정에 대한 조약이 몇 가지 있기는 했지만 거의 유명무실한 것들이라 있으나마나했다.

그리하여 헤이슨 제국은 알렌스 왕국에서 철수하였고, 드래곤 연합이 이곳까지 오기도 전에 배를 띄워 황급히 떠나

버렸다.

하진이 알렌스 왕국에 입성했을 때엔 이미 해방이 된 상태였고, 자치 왕정이 새로 생겨난 이후였다.

그러나 여전히 다른 3대 열강의 위협이 도사리고 있기 때문에 알렌스 왕국 입장에선 새로운 연맹을 맺지 않으면 안 되는 상황이었다.

알렌스 왕국은 드래곤 연합에 가입하겠다며 먼저 친서를 보내왔고, 하진은 연합군 수장의 자격으로 왕국을 방문했다.

알렌스 왕국의 수도 알로렌스의 왕성에 하진을 맞이하는 연회가 열렸다.

빰빠바밤!

흥겨운 가락에 맞춰 춤을 추는 무희들과 그들 주변에 모여들어 술잔을 기울이는 시민들, 기본 틀은 드래곤 연합을 환영한다는 것이었으나 이미 시민들의 축제가 된 지 오래인 연회이다.

알렌스 왕국은 원래 국민들과 왕족이 아주 가깝게 지내 온 국가로, 신분제도가 그리 복잡하지 않은 것이 특징이었다.

처음부터 알렌스 왕국은 귀족 제도가 아예 없는 상태에서 시작하여 시민과 왕족 두 계급밖에 존재하지 않았다.

노예제도는 애초에 만들지도 않았으며, 왕족마저도 그다

지 큰 특권은 누리지 못하면서 살았다.

덕분에 나라의 생활 여건은 아주 좋은 편이었으나 중앙집권이 제대로 이뤄지지 않아 국력을 하나로 모으기가 힘들었다.

그런 이유들 때문에 지금까지 알렌스 왕국은 황금 어장을 가진 부유한 나라임에도 불구하고 외세의 침략에 무방비 상태로 살아온 것이다.

그나마 헤이슨 제국이 이들을 식민지로 통치하지 않았다면 지금쯤 알렌스 왕국은 지도상에서 사라져 흔적조차 찾기 힘들었을지도 모른다.

알렌스 왕국은 헤이슨 제국이 철수하면서 자신들이 지금까지 얼마나 큰 것을 놓치고 있었는지 깨달았다.

그것은 바로 군사 체계를 확립하고 국력을 증강시키는 것이 급선무라는 점이다.

알렌스 왕국의 통치자인 나이틀란 왕은 하진에게 자신들의 국가에 병력을 주둔시키고 성벽을 재건해 주면 연맹에 가입하여 군사 모집과 군수품 유상 징발 등을 윤허해 준다고 제안했다.

이것은 알렌스 왕국이 군사 강국으로 도약하기 위한 발판이 될 것이며 더 나아가선 그들이 연합군의 중추적인 세력으로 급부상할 수도 있는 기회였다.

하진은 그의 제안을 받아들이지 않을 이유가 없었다.

축제의 한 귀퉁이에 서서 무희들을 바라보고 있던 나이틀란은 하진에게 조약 사항을 적은 양피지를 건넸다.

"모든 양식을 갖췄습니다. 사령관께서 비준만 해준다면 조약이 성사되는 겁니다."

"그렇군요."

하진은 대략 다섯 개쯤 되는 조약을 읽어보고 그곳에 서명하였다.

슥슥슥.

이로써 하진은 동부 대륙 서부 지역과 중서부 지역을 아우르는 거대한 연합체를 완성하게 되었다.

나이틀란은 하진에게 연합의 수장들을 모아 회의를 하는 것이 어떻겠냐고 제안했다.

"연합을 이뤘으니 당연히 회의를 추진하여 의견을 나누어야 한다고 생각합니다."

"물론 그렇게 할 것입니다. 이곳 알렌스 왕국의 방어 체계를 구축하고 나면 곧바로 이슈리아 왕국에서 중앙 회의를 개최하게 될 겁니다. 그때 서로 얼굴을 맞대고 연합의 참의미를 다시 되새기도록 하시죠."

"그래요. 그때를 고대하고 있겠습니다."

생각보다 싱겁게 끝난 알렌스 왕국 점령이었지만 어쩌면 연합군에겐 잘된 일인지도 모른다.

더 이상 진군하는 것은 체력적으로 엄청난 부담이 되기

때문이다.

하진은 당분간 알렌스 왕국 주변에 병사들을 주둔시켜 놓고 휴식을 부여할 생각이다.

*   *   *

알렌스 왕국에 주둔한 병력은 그동안 밀린 월급을 몽땅 수령하고 전쟁을 통해 획득한 전리품을 균등하게 배분 받았다.

이제 병사들은 한밑천 두둑하게 받아 휴가를 마음껏 즐길 수 있게 된 것이다.

이른 아침, 막사가 휴가를 준비하는 병사들로 인해 다소 소란스럽게 들썩이고 있다.

하진은 병사들에게 휴가를 위한 정복을 한 벌씩 보급했는데, 그 맵시와 스타일이 꽤 현대적이고 멋스러워서 모두가 만족해했다.

정복은 현대의 양장 정장에 군복을 믹스 매치시켜서 정복 특유의 멋과 품위를 살리고 활동에 편의상까지 생각하였다.

언뜻 멀리서 본다면 양장 정장 같다는 생각이 들기도 했지만 전투화와 베레모를 착용하기 때문에 군인이라는 것을 금방 알아볼 수 있었다.

빳빳하게 줄을 세워 정복을 갖춰 입은 병사들은 알렌스

왕국의 아가씨들과 함께 어울려 놀 생각에 잔뜩 부풀어 있었다.

이번 휴가는 총 여덟 번으로 나뉘어서 나가게 되는데, 첫 번째 휴가 조가 복귀하면 두 번째 휴가 조가 출발하여 성벽 재건 작전 등에 차질이 없도록 하였다.

슥슥슥.

막사에 앉아 서류를 검토하고 있던 하진에게 해리슨과 테르니온이 다가왔다.

"장군, 바쁘십니까?"

"해리슨?"

"자네, 아직도 일을 하고 있는 것인가? 뒷일은 기술자들에게 맡기고 좀 쉬게나."

"아닙니다. 그래도 제가 해야 할 일은 해야 하지 않겠습니까?"

"거참, 자네도 지독한 일중독이야."

테르니온은 하진에게 휴가증을 건넸다.

"받게."

"이게 뭡니까?"

"사령관도 쉴 때가 있어야 하지 않겠나? 한 일주일 푹 쉬었다가 오게."

"아닙니다. 저는 괜찮습니다."

그는 하진의 손에 억지로 휴가증을 쥐어주었다.

"받게. 부사령관으로서가 아니라 인생 선배로서 말하는 걸세. 사람은 가끔씩 쉬어주면서 머리를 식혀야 해. 그렇지 못하면 언젠가 큰 실수를 범하게 되는 법이지."

"으음……."

"뭐하나? 언제까지 그 자리에 그러고 앉아 있을 건가?"

하진은 하는 수 없이 자리에서 일어섰다.

"잘 알겠습니다. 그럼 일주일 동안 밖에서 머리를 좀 식히고 돌아오겠습니다."

"그러게. 이곳은 걱정하지 말고 당분간 일에서 신경 끄고 휴가를 즐기라고."

"감사합니다."

막사에서 나온 하진은 연합군의 제복으로 갈아입고 시가지로 향했다.

시끌벅적한 알렌스 왕국의 시가지에는 장사꾼과 시민, 그리고 휴가를 나온 장병들로 엄청나게 북적이고 있었다.

웅성웅성!

하진은 그들을 뒤로한 채 한적한 골목에 위치한 작은 술집으로 향했다.

딸랑!

대낮임에도 불구하고 술이 당긴 하진은 홀로 맥주나 한잔 들이켜기 위해 술집을 찾은 것이다.

"어서 오세요!"

"맥주 한잔 마실 수 있습니까?"

"네, 잠시만 기다리세요!"

알렌스 왕국은 어업이 성행했기 때문에 선원들이 가져온 수많은 밤 문화가 복잡하게 뒤섞어 있었다.

때문에 술을 빚는 기술이나 그것을 즐겨 마시는 방법이 아주 세세하게 발달되어 있었다.

하진은 살얼음이 아주 살짝 언 맥주가 든 유리잔을 받았다.

"맛있게 드세요!"

"고맙습니다."

맥주에는 라임, 레몬과 귤 조각이 띄워져 있어 한 모금 마시는 것만으로도 아주 대단한 풍미를 느낄 수 있었다.

꿀꺽꿀꺽!

목구멍을 타고 넘어가는 맥주의 차가운 기운이 하진의 꽉 막혀 있던 머리를 뻥 뚫어주는 것 같다.

"크하, 좋다!"

"한 잔 더 드릴까요?"

"네, 주십시오."

만약 이런 맥주를 매일 마실 수 있다면 억만금이라도 쓰고 싶다는 생각을 해보는 하진이다.

잠시 후, 그런 하진의 곁으로 한 여인이 다가왔다.

딸랑!

"옆에 자리 있어요?"

"……?"

무심코 고개를 돌린 하진은 화들짝 놀라고 말았다.

"선미?"

"아침부터 무슨 술이에요?"

"원래 입이 마를 때 맥주보다 더 좋은 것이 없지."

"당신답군요."

하진은 자신의 곁에 앉는 선미를 바라보며 물었다.

"그나저나 여긴 어떻게 알았어?"

"그건……."

바로 그때 술집 문이 열리며 또 한 사람이 들어섰다.

"내가 찾아냈어."

"나타샤?"

"군부의 수장들에게 물어보니 이쪽으로 갔다고 하더군. 그래서 용언으로 네가 어디에 있는지 알아보았어."

"…이런, 나는 사생활도 없습니까? 다들 너무하는군."

"그래도 혼자 청승맞게 술을 마시는 것보다는 낫지 않아요?"

"끄응."

선미는 가끔 하진이 혼자만의 시간을 즐긴다는 것을 아주 잘 알고 있었지만 오늘은 그 자신만의 세계를 깨어주고 싶었다.

"우리도 맥주 한 잔씩 주세요."

"네, 잠시만 기다리세요!"

하진은 선미와 나란히 앉은 자신의 모습에 아주 어색한 미소를 지었다.

"…오랜만이군. 이렇게 앉아서 술을 마시는 것 말이야."

"한 5년 되었나요? 당신이 나를 떠난 그 순간부터 지금까지 단 한 번도 남자와 술자리를 가져본 적이 없어서 좀 이상하군요."

"거짓말."

"내가 당신에게 왜 거짓말을 하겠어요?"

그는 씁쓸하게 웃었다.

"왜 그랬어? 당신 정도면 괜찮은 남자들 얼마든지 만날 수 있을 텐데?"

"후후, 그러게요. 왜 다른 남자들은 만나기 싫었는지 몰라요. 어쩌면 이게 바로 그 유명한 실연의 상처 아닐까요?"

"…그렇군."

나타샤는 두 사람 사이에 자신이 끼지 못하는 것이 못내 불만스러웠으나 그녀 역시 여자였다.

특유의 육감으로 두 사람이 이렇게 될 수밖에 없다는 것을 느끼고 있었다.

"나는 두 사람을 붙여주었으니 이만 가볼게."

"가, 가시게요?"

"내 생각엔 내가 있을 곳은 이곳이 아닌 것 같아. 난 조금 더 뻥 뚫린 곳에서 머리를 식혀야겠어."

"내려오실 때 기별을 주세요."

"그래, 알겠어."

그녀는 바람과 함께 사라져 버렸다.

휘릭!

이제 단둘이 남은 하진과 선미는 조금은 어색하지만 꽤나 익숙하게 술잔을 부딪쳤다.

"한잔할까?"

"그래요."

두 사람은 잔에 가득 든 맥주를 단숨에 비웠다.

*   *   *

맥주를 몇 잔 마시고 나니 시간은 어느새 정오로 향하고 있었다.

하진과 선미는 여전히 술집에 남아 계속해서 잔을 기울이고 있는 중이다.

선미는 하진에게 지구에서 있던 일에 대해 설명했다.

"…아버님은 모함을 당하신 거예요."

"그렇다면 아버지는 돌아가신 것이 아니었던 건가?"

"제가 아버님에게 전화를 받았을 때만 해도 멀쩡하셨지

요. 하지만 지금은 어떻게 되었을지 아무도 몰라요."

"빌어먹을. 나는 그런 것도 모르고……."

그는 이곳의 일만 중요하다고 생각했지, 지구로 다시 돌아갈 방법에 대해선 아예 생각하고 있지도 않았다.

선미는 하진에게 그나마 다행스러운 얘기를 해주었다.

"내가 이곳으로 왔을 때는 당신이 사라지고 난 지 대략 일주일쯤 되었을 무렵이에요. 그러니까 이곳에서의 시간은 지구에서의 시간보다 훨씬 더디게 흘러간다는 뜻이죠."

"그럼 어쩌면……."

"그때가 마지막 작업이었다고 했으니 어쩌면 앞으로 서너 달쯤 시간이 있다고 볼 수 있어요. 운이 좋으면 그보다 더 시간을 벌 수도 있고요."

"아니, 만약 그와 반대라면? 막상 현실 세계로 돌아갔을 때 시간이 더 빨리 흘러간 것이라면 어떻게 되는 거지?"

"만약 그렇다고 한다면 아버님의 생명은 지킬 수가 없겠죠. 하지만 그렇다고 해도 지구로 돌아갈 이유는 충분해요. 아버님의 억울한 누명을 벗기고 당신 역시 명예를 되찾아야죠. 그래야 아버님께서 눈을 감으셔도 편안하게 감으실 것 아닌가요?"

"…그래, 그건 그렇군."

어쩌면 하진보다 훨씬 더 강한 것은 선미일지도 모른다. 그녀는 연약한 겉모습과는 다르게 아주 야무지고 당찬 면이 있는 여자였다.

만약 하진이 끝까지 그녀를 놓지 않고 함께 있었다면 그의 인생은 지금과는 많이 달랐을지도 모른다.

술을 몇 모금 더 마신 그녀는 하진이 모르는 자신만의 얘기를 털어놓았다.

"실은 어머님께서 저를 찾아오셨어요."

"어머니가?"

"그때의 저는 잘 몰랐지만, 이제 와서 생각해 보니 어머님께서 저를 밀어내신 것은 어쩌면 저를 보호하기 위해서인지도 모르겠어요. 그들은 군인이신 아버님마저 아주 손쉽게 나락으로 떨어뜨린 사람들입니다. 저 같은 기생이야 사람같이 생각하지도 않는 족속이죠."

"…그렇다면 우리가 헤어진 것은 두 집안 사이의 문제가 아니었다는 것이군."

"어쩌면 그럴지도 몰라요."

"그런 일이……."

여전히 그녀를 잊지 못하고 있던 하진은 그녀의 말에 가슴이 다시 흔들리고 말았다.

"만약 지구로 돌아간다면……."

"우리는 예전과 조금 많이 달라져 있을지도 모르죠."

"그래, 그럴지도 모르겠군."

마지막으로 남은 술잔을 다 비워낸 그녀는 하진에게 현우에 대한 얘기도 꺼냈다.

"아 참, 그러고 보니 현우 씨에게 연락을 했었어요. 내가 마지막으로 사라지기 전에 말이에요."

"현우는 이 사건에 대해서 얼마나 알고 있어?"

"글쎄요, 저보다 많이 알고 있는 것 같지는 않아요. 그렇지만 내가 힌트를 주고 사라졌으니 현우 씨라면 뭔가를 알아냈을 수도 있죠."

"부디 그 녀석만큼은 다치지 않았으면 하는데 말이야."

"저도 그런 의미에서 전화를 한 것이지만 그 이후에 일이 어떻게 풀렸는지 알 길이 없어 답답할 노릇이네요."

"그래, 당신도 나만큼 답답하겠군."

하진은 이 자리에 더 이상 앉아 있다간 심장이 터져 버릴 것 같았다.

"나가지. 답답하군."

"그럴까요?"

테이블 위에 금화 한 닢을 올려놓은 하진은 그녀를 데리고 술집에서 나왔다.

골목길에서 빠져나와 시가지로 나가보니 사람들이 음악에 맞춰서 아무렇게나 춤을 추는 거리 무도회가 열리고 있었다.

빰빠바바밤, 빰빠바밤!

그녀는 하진의 손을 잡았다.

"갈까요?"

"춤이라… 우리가 처음 만난 그날과 같군."

서로 손을 마주 잡고 사람들 틈바구니에 섞여 춤을 추는 두 사람의 눈동자에 아련한 옛 추억과 함께 그동안 겪은 이별의 아픔이 주마등처럼 스쳐 지나갔다.

하진은 한껏 미소를 지었으나, 선미는 그 미소를 바라보며 눈물을 떨어뜨렸다.

하지만 하진은 애써 그 눈물을 닦으려 하지 않았다.

사람과 사람이 살아가는 데 눈물이 꼭 불필요한 것만은 아니라는 사실을 잘 알고 있기 때문이다.

*   *   *

한참을 거리에서 놀다 보니 시간이 총알같이 흘러 어느새 땅거미가 뉘엿뉘엿 지고 있다.

하진은 그녀에게 저녁 식사를 권했다.

"당신이 해주는 밥보다 맛은 없지만 이곳의 음식도 꽤나 먹어줄 만하더군. 저녁 식사에 술이나 한잔 더 할까?"

"그래요. 술 좋지요."

휴가 때마다 선미를 찾아와 술판을 벌이고 그렇게 며칠 동안 망나니처럼 퍼질러 놀던 사람이 바로 하진이다.

그는 자신의 스케줄에 맞춰주는 그녀가 고마워서 함께 있는 시간만큼은 최선을 다하기 위해 항상 노력해 왔다.

선미는 그런 그가 고마워 그 시간을 아주 고맙고 감사하게 생각하면서 보냈다.

한마디로 두 사람은 서로에게 맞추면서 스스로의 환경을 만들어 나가는 중이었다.

오늘도 역시 두 사람은 서로에게 맞추고 더욱 다가가면서 하루를 보내고 있는 것이다.

산비탈 바로 아래에 있는 산장 식당을 찾은 하진은 그녀가 좋아하는 버섯과 야채 위주로 주문했다.

"모둠 버섯 요리 2인분과 치즈 모둠 샐러드 2인분, 와인 한 병 주십시오."

"와인은 어떤 것으로 드릴까요?"

"약간 시큼하면서 단맛이 전혀 없는 것으로 주십시오."

"네, 잘 알겠습니다."

하진은 음식부터 술까지 전부 그녀가 좋아하는 것을 기억하고 있다가 차례대로 메뉴에 포함시켰다.

그녀는 아주 자연스러우면서도 익숙한 하진의 주문에 새삼 아련한 미소를 지었다.

"내 취향을 전부 다 기억하고 있군요."

"어떻게 잊겠어? 당신이 좋아하던 것들인데."

얼마나 시간이 지나던 간에 사람은 아주 소중하게 각인된 기억들은 절대로 잊지 못하고 평생 간직하며 살아간다.

하진은 그녀와 헤어진 이후에도 그녀처럼 식사하고 술을 마시는 것을 습관처럼 이어나간 적이 있다.

어쩌면 그는 이런 날이 오기를 마음속 깊이 기도하면서 살아왔는지도 모른다.

잠시 후, 버섯으로 만든 수프와 빵이 따뜻하게 데워져 나왔다.

"맛있게 드세요."

"고맙습니다."

수프가 나오자마자 하진은 그 안에 물을 살짝 풀어서 농도를 옅게 만들어 그녀에게 건넸다.

"뜨거운 거 싫어하지?"

"…고마워요. 이런 것까지 기억하다니."

"매일 하던 것을 잊어버리는 것도 문제야. 난 문제가 있는 사람이 아니라고."

"후후, 그건 그렇죠."

음식을 먹는 방법과 그것에 맞춰서 그녀를 챙기던 습관은 하진을 젠틀한 남자로 만들어주었다.

하지만 그녀와 헤어진 후엔 그런 신사적인 행동을 해본 적이 한 번도 없는 하진이다.

"오랜만이군. 여자에게 이런 행동을 하는 것이 말이야."

"…거짓말."

"정말이야. 나는 여자가 내 앞에서 식사를 하는 것도 너무 오랜만이야. 그래서 자꾸 쳐다보게 되나 봐."

"그럼 실컷 봐요."

"하하, 그래도 되나? 얼굴이 닳으면 어쩌려고?"

어느새 예전과 같이 농담을 하고 웃음을 터뜨리는 두 사람이다.

잠시 후, 두 사람을 위한 와인이 개봉되어 나왔다.

쪼르르르.

술을 한 잔 가득 따른 하진이 건배를 제안했다.

"상황이 조금 복잡하긴 하지만 우리의 재회를 위해 건배를 해야겠군."

"그래요. 건배!"

챙!

두 사람은 잔을 부딪친 후 곧바로 그 잔을 모두 다 비웠다.

* * *

드래곤 연합이 동부 대륙을 휩쓸고 다닌다는 소식은 각대륙 전역으로 널리 퍼져 나갔다.

특히나 소식통에 귀를 기울이고 사는 사람이라면 그에 대해 아주 잘 알고 있을 것이다.

에라 섬의 조합장 일리나는 드래곤 연합의 수장이 가우스트 장군이며, 그를 따라서 이색인종들이 기꺼이 칼을 잡았다는 소식을 들었다.

그녀는 에라 섬의 기반을 과감히 버리고 자신이 가진 모든 것을 가지고 드래곤 연합에 몸을 맡기기로 했다.

그렇게 떠난 여행의 끝은 하진이 잠시 진군을 멈춘 알렌스 왕국이었다.

"조합장님, 알렌스 왕국에 연합군 원정대가 주둔하고 있답니다. 아무래도 제대로 찾아온 것 같기는 합니다."

"앞으로 우리의 맹주가 되실 텐데 당연히 그래야지."

일리나는 에라 섬에 기거하고 있던 인간을 제외한 모든 이색인종을 전부 다 데리고 이곳으로 왔다.

아마도 이 중 연합 군정에서 가족을 찾는 사람이 나올지도 모를 일이다.

"나는 연합 군정을 찾아갈 테니 다른 사람들은 혹시나 가족에 대해 아는 사람이 있을지 모르니 수소문을 하고 다니도록 하자."

"예, 조합장님."

일리나는 떨리는 마음으로 연합군 원정대가 있는 주둔지를 찾아갔다.

수도의 성곽에서 대략 3㎞ 정도 떨어진 연합군 원정대 주둔지는 그리 어렵지 않게 찾을 수 있었다.

그녀는 보초를 서고 있는 초병에게 다가갔다.

"이봐요, 병사님."

"어떻게 오셨습니까?"

"사령관님을 만나 뵈러 왔습니다. 우리는 에라 섬에서 온 이종족 조합입니다. 저는 타르니슨의 일리나라고 하고요."

"타르니슨이라… 잘 알겠습니다. 잠시만 기다려 주시지요."

병사가 주둔지 내로 달려가 누군가에게 소식을 전하자 곧바로 답신이 왔다.

"일단 안으로 들어오시죠. 금방 이곳으로 오신답니다."

"고마워요."

그녀는 병사를 따라 연합군 원정대 군사들이 있는 캠프 안으로 들어섰다.

웅성웅성!

군사들은 용족의 뿔과 날개를 가진 그녀를 바라보며 한껏 소란을 떨었다.

"용의 일족이다. 소문으로만 들었는데 정말로 있던 모양이군."

"하긴, 실제 드래곤도 있는데 용의 일족이 없을 리가 있나?"

잠시 후, 그녀의 앞으로 테르니온이 다가왔다.

그는 부사령관으로서 알렌스 왕국에 주둔하고 있는 병사들과 재건 사업을 총괄하고 있는 중이다.

해리슨의 말에 따라 이곳을 찾아왔다는 일리나를 만나러
온 테르니온이다.

"사령관을 찾으셨다고?"

"네, 그렇습니다. 가우스트 장군께선 어디에 계신지요?"

"지금은 휴가를 가셨소. 장군을 찾아오신 이유가 따로 있
으신지……."

"우리 이종족 조합이 연합군에 참여하고 싶어서 찾아왔습
니다. 우리 에라 섬이 가진 기반과 모든 인력을 이곳에 의탁
하고 싶습니다."

"으음, 그런 일이라면 굳이 사령관의 손을 거치지 않아도
되겠군. 일단 이곳에 행낭을 풀고 잠시만 대기해 주시오. 금
방 막사를 차려주겠소."

그녀는 테르니온을 붙잡았다.

"잠깐!"

"왜 그러시오?"

"지금 장군을 만날 수는 없는 겁니까?"

"장군께선 중요한 손님이 오셔서 오늘은 못 들어오실 것
같소."

"…손님이요?"

"어떤 여자인 것 같은데, 자세한 것은 나도 잘 모르오."

"여자?"

"뭔가 잘못된 일이라도……."

그녀는 실소를 흘렸다.

"후후, 아닙니다."

"……?"

"이곳에서 장군이 오실 때까지 기다리도록 하겠습니다. 아무쪼록 우리를 받아주시겠다는 마음은 감사합니다. 앞으로 잘 부탁드립니다."

"우리야말로."

두 사람은 손을 맞잡고 반가움을 나누었다.

*   *   *

늦은 밤, 하진과 선미는 식당가를 나와 산비탈을 걸어서 내려가는 중이다.

두 사람은 잔잔하게 불어오는 산들바람을 맞으며 한껏 정취를 만끽했다.

휘이이잉!

"좋군요. 얼마 만에 이런 산책을 하는 건지 모르겠어요."

"사람이란 원래 여유를 사치처럼 생각하는 면이 있어."

"하지만 당신과 함께 있을 때엔 이런 한적함과 여유라는 것을 항상 만끽하면서 알았는데……."

"그래, 그랬지."

두 사람은 가끔 무작정 차를 몰고 나가 발길이 머무는 곳에 돗자리를 펴놓고 사색에 잠기곤 했다.

그 자리에 누워서 밤하늘의 별을 헤는 날이 많던 그때의 두 사람은 세상 그 어떤 것도 부럽지 않았다.

지금 두 사람은 어느새 밤하늘을 바라보며 여유라는 단어를 다시금 꺼내놓고 있었다.

그녀가 문득 하진에게 물었다.

"…우리가 다시 시작할 수 있을까요?"

"글쎄. 이제 모든 것은 신의 뜻에 달린 것 아닐까?"

"그래요. 모든 것은 신의 뜻에 달렸겠지요."

이번에는 하진이 그녀에게 물었다.

"만약 우리가 이곳에서 지구로 돌아갈 수 있다면 우리의 관계가 회복될 수 있을까?"

"…글쎄요. 모든 것은 신의 뜻에 달렸겠지요?"

"후후, 그런가?"

두 사람은 실소를 머금고 서로를 바라보았다.

이런저런 얘기를 주고받고 있는 하진에게 해리슨이 다가왔다.

척!

"죄송합니다. 오붓한 시간을 보내는데 제가 괜히 방해를 한 것은 아닌지 모르겠습니다."

"괜찮네."

그는 선미에게 꾸벅 인사를 건넸다.

"오셨군요."

"안녕하셨어요?"

"덕분에 무탈합니다. 선미 님은 어떠십니까?"

"저도 잘 지냈어요."

"다행이군요."

그녀와 인사를 끝낸 해리슨이 하진에게 찾아온 용건에 대해 말했다.

"사령관님, 손님이 와 계십니다!"

"손님?"

"에라 섬에서 왔답니다."

"…에라 섬?"

"일리나라는 타르니슨 여자입니다. 에라 섬 이종족 조합장이라는데, 아무래도 사령관님께서 아셔야 할 것 같아서 말입니다. 꽤 많은 수의 이종족을 데리고 왔습니다."

순간 하진의 표정이 급격하게 어두워졌다.

"일리나라……."

"왜 그러십니까? 뭔가 문제라도……."

"아, 아닐세. 그녀는 우리의 든든한 지원군이야. 아마 우리 연합군이 이곳으로 진격했다는 소식을 듣고 찾아온 것이겠지."

"예, 안 그래도 그렇게 말하더군요. 대장님과는 각별한 사이인 것 같던데, 무슨 인연이신지요?"

"……."

단번에 말을 잇지 못하는 하진에게 선미가 말했다.

"제가 있어서 불편하면 이만 들어가 볼게요. 나타샤가 기다릴 것 같기도 하고요."

"아, 아니, 그게 아니고……."

"그럼 저는 이만."

선미가 눈치껏 자리를 피해주자 해리슨이 어색한 표정으로 하진을 바라보았다.

"제가 실수를 했군요."

"아, 아닐세. 그녀와는 그냥… 계약으로 묶인 사이라고나 할까?"

"……?"

"아무튼 그녀를 만나야겠네. 지금 그녀는 어디에 있나?"

"막사에서 장군을 기다리고 있습니다."

"그래, 가세나."

하진은 해리슨과 함께 막사로 향했다.

제9장
거대한 전쟁의 서막

　아케인 제국의 황도 아케인트에 100만 대군이 운집해 있다.

　새롭게 황제로 등극한 칼번은 금색 휘장이 달린 순백색 갑주를 입은 채 병사들 앞에 섰다.

　그가 단상에 오르자 병사들이 일제히 부복하였다.

　촤라라라라락!

　끝도 보이지 않는 대열이 일제히 부복하는 것은 그야말로 장관이라 할 만했다.

　칼번은 가볍게 손을 들어 그들을 일으켜 세웠다.

　"황은이 망극합니다!"

"만세, 만세, 만만세!"

신하들의 선창에 따라 병사들이 만세 삼창을 하였고, 칼번은 의연한 표정으로 그것을 받았다.

그는 출정에 앞서 병사들에게 자신의 포부를 밝혔다.

"짐은 헤이슨 제국을 타도하고 그들의 본토는 물론이요 식민지와 제후국들까지 전부 불태울 것이다! 우리에겐 포로 따윈 필요 없다! 우리의 앞길을 막는 놈이 있다면 무조건 짓밟아줄 것이다! 이 세상의 중심은 우리 아케인 제국이 될 것이다!"

"와아아아아!"

"싸워라! 그리고 쟁취하라! 놈들을 마구 파괴시키고 그들을 노예로 삼으라! 그대들이 밟는 모든 것은 그대들의 것이 될 것이다!"

"황제 폐하 만세!"

칼번은 100만 대군을 일으키면서 단 한 가지 공약을 내걸었다. 그것은 바로 타국에 대한 모든 약탈을 합법으로 간주한다는 것이다.

이제 병사들은 목숨을 내걸고 적진을 쑥대밭으로 만들고 그곳이 죽어 없어질 때까지 약탈하고 짓밟게 될 것이다.

일부 문신들이 이런 무지막지한 맹약에 대해 비판의 목소리를 냈으나 이내 그 입을 다물 수밖에 없었다.

이미 칼번은 검을 빼어 들었고, 그가 검을 빼어 든 이후엔 그 어떤 누구도 입을 벌릴 수가 없기 때문이다.

그가 하는 말은 곧 법이며 법을 어긴다는 것은 죽음을 의미한다.

이제 그는 스스로 전 세계 모든 국가의 법이 되려 하고 있다.

"우리가 저들을 지배한다!"

그는 주먹을 위로 쭉 뻗은 후 검지만을 일자로 세웠다.

"오로지 우리 한 민족만이 이 세상 위에 군림할 것이다! 앞으로 이 세상의 지배자는 우리 아케인이 될 것이니라!"

"와아아아아아아!"

현재 제국 내에서 칼번의 인기는 그야말로 고공 행진 그 이상이다.

모든 사람이 칼번을 신처럼 떠받들며 그를 신성시하고 있었으며, 병사들은 그의 말이라면 자결도 불사할 정도였다.

그가 이렇게까지 높은 인기를 구가할 수 있던 것은 아케인 왕국의 인종 우월주의 때문이었다.

아케인 왕국은 예로부터 자신들이 가장 우월한 존재라는 믿음을 가지고 있었기에 무지막지한 수의 노예를 거느리고 있었던 것이다.

칼번은 그런 우월주의자 중에서도 골수분자였으며 그에 걸맞은 출신 성분과 능력, 힘을 가지고 있었다.

절대자의 가공할 만한 추진력에 그를 뒷받침하는 세력까

지, 아케인 제국과 같은 나라에서 칼번은 인기 높은 황제가 될 수밖에 없었던 것이다.

그는 손가락을 그대로 들어 성문 밖을 가리켰다.

"저 넓은 지평선 너머의 모든 땅이 우리의 것이다! 가자! 저들에게 우리 아케인트의 후손들이 얼마나 우월한지 보여주자!"

"와아아아아!"

"진군하라!"

뿌우우우우우!

칼번은 군사들과 함께 헤이슨 제국을 향해 진군했다.

*   *   *

같은 시각, 헤이슨 제국의 황도로 30만의 병력이 모여들었다.

이미 헤이슨 제국의 서부 해협에는 1,500척의 전함이 산개하여 경계를 서고 있었으며 동서남북의 모든 연안에 해안포가 설치되어 있었다.

헤이슨 제국은 아케인 왕국이 분노하여 일어난 것과는 반대로 아주 차분하고 경건하게 전쟁을 준비하고 있다.

아카이드는 보병들을 연안으로 이동시키고 그곳에서 승부를 보기로 마음먹었다.

"적들은 반드시 지상전으로 전투를 이끌고 가려 할 것이다. 하지만 우리는 해상 전투에서 모든 것을 결정지어야만 한다."

"하지만 저들의 군사는 무려 100만입니다. 만약 양동작전을 벌인다면 무조건 한군데는 뚫리게 되어 있습니다."

"그 무조건이라는 말, 그 말이 나오지 않도록 방비하는 것이 바로 우리 중앙군 총 참모부의 몫이다. 알겠나?"

"예, 예, 폐하!"

아카이드는 군정이 돌아가는 일에 있어서만큼은 대단한 완벽주의자이기 때문에 빈틈이 생기는 것을 극도로 꺼렸다.

만약 단 하나의 빈틈이라도 생긴다면 그 즉시 참모부를 전부 다 뒤집어엎고 그 책임자를 손수 고문하여 죽일 것이다.

지금 참모부는 벌써 일주일째 잠을 자지 못하고 있었지만 누구 하나 졸거나 집중력을 잃는 법이 없었다.

1초, 그 백분의 1이라도 정신을 놓는 순간엔 여지없이 칼이 날아올 테니 졸아도 눈을 뜨고 조는 것이 당연했다.

군사지도를 바라보고 있던 아카이드에게 한 참모가 말했다.

"폐하, 소신에게 좋은 비책이 하나 있습니다."

"뭔가?"

"삼면의 입구를 전부 다 막아버리면 어떻겠습니까?"

"입구를 막는다?"

"저들이 지상전을 바란다면 아예 땅을 밟고 올라올 수 없도록 만드는 겁니다."

"으음, 그러니까 애초에 입구를 하나로 통폐합하여 상륙전이 불가능하게 만들자는 얘기군."

"예, 그렇습니다."

"그래, 그것도 한번 고려해 볼 만한 전략이다. 지금과 같은 상황에선 쇄국이 답이라 할 수 있지."

벌써 수백 가지의 경우의 수를 만들어냈으나 아카이드는 회의를 멈추지 않았다.

"쇄국이 답이긴 하지만 문을 굳게 걸어 잠글 경우엔 우리가 고립될 수도 있다. 그 점을 유념하도록."

"예, 폐하!"

"고립 전투가 될 경우엔 우리가 저들의 포위를 뚫을 만한 방책이 있어야 한다. 그러니 사방의 문을 열어놓고도 100만 대군을 막을 방책을 세우는 것이 중요하다."

"예, 알겠습니다!"

잠시 후, 아카이드가 드디어 일주일 만에 집중의 끈을 잠시 놓았다.

"조금 쉬었다가 다시 모이도록 하지. 다들 몇 시간쯤 눈을 붙이고 오게."

"예, 폐하!"

참모진이 해산하고 난 후 아카이드는 그 자리에 누워 잠시 눈을 붙였다.

"후우, 어지럽군."

황제라는 절대자의 자리는 일국을 좌지우지하는 만큼 엄청난 스트레스와 살인적인 부담감을 가질 수밖에 없다.

그는 그 무게를 견디기 위해 스스로를 억누르고 철저히 금욕하며 지금까지 살아온 것이다.

하지만 더 이상 그런 금욕 생활은 자신에게 도움이 되지 않는다고 생각하는 아카이드이다.

"여봐라, 게 아무도 없느냐!"

"예, 폐하!"

"술상을 봐오너라. 한잔하고 자야겠다!"

"그리하겠습니다!"

"아 참, 그리고 짐이 말한 그것도 준비하라."

"예, 알겠습니다!"

환관들은 황제가 지시한 대로 얼마 전에 그가 점찍어둔 아름다운 미녀들을 데리고 들어왔다.

그녀들은 자의에 의해서 궁에 들어온 시녀들로 황제가 사사로이 데리고 놀거나 잘 수 있는 이들이다.

자의에 의해 그런 인생을 택한 그녀들은 평생 황제의 손길을 기다리면서 살아왔다.

만약 오늘과 같은 기회가 또다시 온다면 목숨이라도 내놓을 그녀들이다.

잠시 후, 시녀들이 실오라기 하나 걸치지 않은 상태로 술상을 가지고 들어왔다.

"폐하, 부르셨습니까?"

"오냐. 조금 늦었구나."

"소녀들이 깔끔하게 목욕재계를 하느라 그랬습니다. 용서하여 주시지요."

"좋다, 용서를 받을 수 있을 만한 일을 한다면 그리하겠노라."

"…좋습니다."

그녀들은 지금껏 갈고닦은 방중술을 총동원하여 황제의 성욕을 충족시켜 주기 시작했다.

츕츕츕!

"아아! 좋구나! 과연 짐의 용서를 받아 마땅하다!"

"으음……."

이 한 번의 술자리로 인해 그녀들이 출세를 한다는 보장은 그 어디에도 없다.

하지만 그녀들은 자신이 절대자를 모실 수 있다는 것만으로도 충분히 스스로의 욕구를 충족시키고 있다고 볼 수 있었다.

잠시 후, 아카이드가 그 자리에 드러누워 술잔을 들었다.

"한 잔 따르거라. 자면서 마셔야겠다."

"예, 폐하. 편히 주무십시오. 소녀들은 폐하께서 극락에 드실 수 있도록 최선을 다하겠습니다."

"후후, 그리하라."

아카이드는 동생 레비로스가 일러준 대로 잠자리에 술과 여자를 들였다.

'남자는 고로 술과 여자가 있어야 제대로 스트레스를 풀 수 있다 하였습니다. 제가 일러드린 대로 하신다면 숙면을 취하실 수 있을 겁니다.'

그는 동생의 조언대로 여자들을 들이고 누워서 술을 마셨다.

그러자 평소엔 한 번도 든 적이 없던 숙면에 빠져들기 시작했다.

"쿠우우울!"

"폐하께서 숙면에 들어가셨구나. 우리는 계속해서 최선을 다하자."

"그래."

그녀들은 아카이드가 쾌락 속에서 잠들 수 있도록 혼신의 힘을 불태웠다.

＊　　　　＊　　　　＊

아케인 제국과 헤이슨 제국이 막 개전했을 무렵, 풍운 협객단도 슬슬 움직이기 시작했다.

풍운 협객단은 아케인 제국군의 일거수일투족을 감시하며 그들의 동태를 예의 주시하고 있었다.

레비로스는 아케인 제국군 100만을 태운 배가 수평선을 가득 채운 것을 망원경으로 바라보고 있었다.

그는 자신도 모르게 감탄사를 내뱉고 말았다.

"대단하군. 정말로 100만 대군을 모았어. 저런 엄청난 인물이 존재하고 있을 줄이야."

"단주님, 이젠 어쩝니까? 저들이 배를 탄 이상, 실제로 전면전을 피할 수 없게 되었습니다."

"그래, 전면전은 피할 수 없게 되었다. 하지만 언젠가는 한 번쯤 일어났어야 할 전쟁이다."

헤이슨과 아케인은 평생의 숙적으로 언젠가는 반드시 이 운명을 청산해야 한다.

그 시기가 조금 좋지 않았다는 것은 사실이지만 전쟁에 언제 터져도 이상할 것은 없었다.

"앞으로 우리가 할 수 있는 것은 모두 해야 한다."

"예, 단주님!"

"적의 후방으로 단원들을 파견하고 추가 보급선을 우리가 탈취하도록 한다."

"약탈을 하자는 말씀이십니까?"

"어차피 우리가 빼앗지 않으면 우리를 죽이는 데 사용할 것들이다. 당연히 빼돌릴 수 있을 때 빼돌려야지."

"예, 알겠습니다."

전쟁에서 가장 중요한 것은 병력이요, 그 두 번째는 병력을 먹이고 재울 수 있는 물자이다.

만약 물자가 끊기게 되면 전쟁은 더 이상 진행이 불가능해질 것이다.

아마 칼번의 성정으로 보면 주변 국가들을 약탈해서라도 전쟁을 유지시키겠지만, 일말의 시간이라도 벌 수 있다면 그것으로 족했다.

"어차피 이 전쟁은 하루 이틀 안에 끝나지 않을 것이다. 장기전으로 간다면 차라리 수비하는 쪽이 유리할 수도 있어. 우리는 최대한 유리한 고지를 점할 수 있도록 돕는다."

"예!"

잠시 후, 헤이슨 제국 황실 직속 자객단주가 레비로스 곁으로 다가왔다.

파밧!

"명을 받고 왔습니다!"

"그래, 고맙네."

"아닙니다, 전하!"

이제 그는 자신의 신분을 모두에게 드러내고 자객단과 풍운 협객단이 하나로 합쳐질 수 있도록 했다.

"지금부터 자객단은 적의 본국으로 침투하여 보급로를 직

접 타격한다. 그들이 동원할 수 있는 모든 것을 불태워 버려
라."

"명을 받듭니다!"

"사람이고 무기고 할 것 없이 우리에게 위해가 될 만한 물
건은 전부 다 태워 버리는 것이다. 명심하라."

"존명!"

"또한 후방에서 빼돌린 보급품은 배가 아닌 지하 수로를
이용하여 옮기도록 한다. 그리고 지하 수로를 타고 이동하면
서 적의 진군로를 따라 게릴라전을 벌여라. 저들의 진군을
늦추는 일이 우리에겐 가장 중요하다."

"예!"

레비로스는 황자로서, 또한 풍운 자객단주로서 최선을 다
하고 있었다.

'너희들이 사력을 다한다면 나는 목숨을 걸었다!'

그는 죽을 각오로 이 전쟁에 임하고 있었다.

                    *   *   *

아케인 제국의 100만 대군이 승선하기 시작할 무렵, 황제
의 사령선으로 한 사내가 달려왔다.

파바바밧!

엄청난 속도의 사내는 도저히 사람이라고는 믿어지지 않

을 만큼 날쌔고 기민했다.

이윽고 그는 황제의 사령선 앞에 멈추어 섰다.

"폐하, 소신도 데리고 가주십시오!"

"…부마?!"

"소신, 죽음에서 이제 막 살아왔습니다!"

"공주는, 공주는 어떻게 되었느냐?!"

"무사합니다. 다행히도 운이 좋아 포위에서 탈출할 수 있었습니다!"

"하늘이 도왔군."

칼번은 이글거리는 눈동자를 가진 에네스를 자신의 사령선에 승선시켰다.

"이리 곁으로 오라."

"예, 폐하!"

사령선에는 군부 최고의 수뇌부와 황태자 형제가 승선해 있었다.

라이오니슨과 라이너스는 옅은 미소를 짓고 있고, 제2 왕후의 심복들은 잔뜩 일그러진 표정으로 그를 바라보고 있었다.

칼번은 에네스에게 그동안의 고초에 대해 물었다.

"도대체 어떻게 살아남은 것이냐?"

"그것이……."

에네스는 자신이 겪은 것을 그대로 칼번에게 고했고, 그는 젝필슨의 위용에 크게 감탄하였다.

"젝필슨, 짐은 언젠가 그자가 큰일을 해낼 것이라고 생각했다! 역시 10대 검객 중 한 명이로다!"

"만약 윤허하신다면 그에게 포상을 내리고 소신과 함께 적진으로 돌격하는 영광을 나누고 싶습니다!"

"죽음에서 함께 살아났으니 전장도 함께 나가고 싶다는 뜻인가?"

"그러합니다!"

칼번은 흔쾌히 두 사람의 선봉대 투입을 윤허하였다.

"좋다, 이번 전쟁의 선봉장은 에네스 백작이고 그 뒤를 보필하는 자는 젝필슨 준남작이다!"

"폐, 폐하, 이번 선봉장은……."

"알고 있다. 하지만 선봉장은 이렇게 용맹한 자들이 맡아야 하는 법이다. 그렇지 않나, 총사령관?"

"예, 폐하! 그러합니다!"

라이오니슨은 이제 선봉장마저 자신의 사람이 맡았으니 군부를 100% 장악한 것이나 마찬가지였다.

게다가 라이너스의 계략처럼 차비의 세력을 단 한 방에 혁파할 수 있는 에네스가 영웅으로 떠오르게 생겼으니 이제 황태자 형제는 원하는 그림을 모두 다 얻게 된 것이다.

칼번은 자신의 검 중에서 한 자루를 꺼내어 에네스에게 하사하였다.

챙!

"받으라."

"폐, 폐하!"

"이것은 짐이 젊은 시절 처음으로 사람을 벤 검이다. 그 이후로도 수많은 이의 피를 머금었기에 개인적으로는 아주 인연이 깊은 검이라 할 수 있지."

"이런 귀한 것을 어찌 이 미천한 소신에게……."

"부마는 엄연히 따지면 황족이다. 앞으론 미천하다는 말을 삼가라."

"예, 폐하!"

"일어나 검을 받으라."

"황은이 망극합니다!"

이로써 에네스는 완전히 황제의 사람이 되었고, 젝필슨 역시 조만간 신흥 세력으로 급부상하게 될 것이다.

라이너스는 속으로 쾌재를 부르고 있었다.

'설마하니 에네스가 이 정도의 그릇일 줄이야! 만약 내가 조금만 성급했더라면 땅을 치고 후회할 뻔했군.'

망국의 왕자가 이렇게까지 엄청난 전쟁을 일으킬지는 그 어떤 누구도 상상하지 못했을 것이다.

라이너스는 에네스라는 사람에게 아주 작은 기대를 걸고 있었지만, 그는 언제나 기대 이상의 것을 해냈다.

그는 에네스가 이번에도 놀라운 무언가를 보여줄 것이라

고 믿어 의심치 않았다.

잠시 후, 칼번에게로 원정 준비가 모두 끝났다는 보고가
올라왔다.

"폐하, 승선이 완료되었습니다!"

"좋다, 닻을 올려라!"

뿌우우우우!

"출항이다!"

"와아아아아아!"

아케인 제국의 함성 소리가 망망대해를 타고 멀리 퍼져
나갔다.

＊　　　　＊　　　　＊

신성 제국 내 최대 규모의 성당이자 성기사단의 고향이라
불리는 아튜니아의 성지로 황제 루이슨이 찾아왔다.

루이슨은 아튜니아의 성지를 관장하고 있는 제1 대신관
루반을 찾았다.

"대신관, 대신관은 나와서 짐을 맞이하시오!"

잠시 후, 남루한 차림의 대신관이 모습을 드러냈다.

"…폐하? 폐하께서 이 누추한 곳까진 어인 일이십니까?"

"긴히 드릴 말씀이 있소. 시간을 좀 내어주시오."

"좋습니다. 이쪽으로 오시지요."

아튜니아의 성지에는 아주 신비한 나무가 한 그루 있는데, 그 나무에선 엄청난 양의 수액이 흘러나와 작은 연못을 이루고 있었다.

사람들은 이 연못을 아튜니아의 성못이라고 불렀다.

"성수를 한 잔 하시지요."

"고맙소."

아주 달고 감칠맛이 나는 아튜니아의 성못이지만 그 사람의 기분에 따라 피비린내가 나기도 했다.

루이슨은 아튜니아의 연못에 입을 대자마자 헛구역질을 해댔다.

"우우우욱!"

"이런, 마음을 비우지 못하면 성수가 비릴 수밖에 없습니다."

"…알고 있소. 하지만 지금 짐이 제정신이 아니라 그렇소."

"무슨 일인데 그러십니까?"

"성물이 없어졌소. 그리고 그 성물 때문에 우리의 군대가 패주하였단 말이오."

"……"

"또한 상자를 가진 놈들이 연합군까지 꾸려 우리의 목전에 칼을 들이대고 있소. 아무래도 뭔가 특단의 조치를 취하는 것이 옳다고 사료되오."

"흐음……."

골똘히 생각에 잠겨 있던 루반이 입을 열었다.

"만약 상자를 가진 놈이 열쇠까지 가지고 있다면 이미 우리가 어찌할 수 있는 상황이 아닐 겁니다."

"…그렇다고 이렇게 넋을 놓고 있자는 말이오?"

"차라리 아시스 연합국을 이용하여 방패막이로 세우면서 조금 더 추이를 지켜보는 편이 좋겠습니다."

루이슨은 고개를 가로저었다.

"지금 그럴 시간이 어디 있소? 만약 놈들이 상자와 열쇠의 상관관계를 알아채는 날엔 우리 신성 제국 500년 황조가 산산조각 날 것이 분명하오!"

"하지만 그런 상관관계를 저들이 몰랐으니 아직까지 아무런 일이 일어나지 않은 것 아니겠습니까? 만약 저들이 그런 무지막지한 힘을 가졌다면 왜 아직까지 식민지 연합이나 꾸리면서 살고 있겠습니까?"

"흐음……."

"조금 더 사태를 관망하는 것도 나쁘지는 않다고 사료됩니다."

이윽고 루이슨은 어쩔 수 없이 고개를 끄덕였다.

"뭐, 좋소. 그대의 말에 따르리다."

"고맙습니다. 조금만 더 지켜보시지요."

한숨을 푹푹 내쉬던 루이슨에게 루반이 물었다.

"그나저나 성물을 가지고 간 그 아이는 어떻게 되었습니까? 아직 살아 있습니까?"

"…그걸 내가 어찌 알겠소. 아아, 죽지 않고 살아 있으니 그들이 전투에서 승리한 것 아니겠소?"

"후후, 그렇군요. 끈질긴 인연이로군요. 그 아이……."

루이슨은 실소를 흘렸다.

"대신관께서 그 아이가 태어났을 때 뭐라고 하셨소? 대재 앙을 일으킬 씨앗이라 하지 않았소?"

"그랬지요."

"그런데 어째서 일찌감치 그 아이를 죽이지 않은 것이오?"

"그 또한 우리의 운명이 아니겠습니까? 운명을 거스른다 면 분명 천벌을 받을 겁니다. 다른 사람들은 몰라도 성지를 지키는 사람들은 그러면 안 되는 법이거든요."

"…법, 아직도 그런 뜨뜻미지근한 것을 믿소?"

"후후, 때론 나 같은 사람도 있어야 이 세상이 돌아가는 것 아니겠습니까?"

루이슨은 고개를 가로저었다.

"후우, 아무튼 이해할 수 없는 양반이야."

"가시는 겁니까?"

"그렇소. 더 하실 말씀이라도 있소?"

그는 주름진 얼굴이 환하게 펴지도록 웃으며 말했다.

"허허, 언젠가는 황제께서 이 노인의 심정을 이해할 날이 반드시 올 것입니다."

"…그럴 날이 오긴 하겠소?"

"반드시 옵니다."

"됐소. 난 그런 날이 와도 이해하지 않을 것이외다."

"그럼 살펴 가십시오."

루이슨은 찜찜한 마음을 안고 돌아섰다.

*   *   *

드래곤 연합의 중심지인 우드림으로 에라 섬의 이종족 유민들이 찾아왔다.

일리나를 따라온 유민들은 가장 먼저 가족과의 상봉을 서둘렀다.

웅성웅성!

우드림의 세계수 앞은 이미 엄청난 숫자의 유민과 그들을 만나기 위해 찾아온 사람들로 북적이고 있었다.

피켓에 이름을 적어 내걸고 다니면서 가족을 찾는 그들의 얼굴에는 간절함이 가득했다.

아직까지 가족 상봉이 이뤄진 사례가 몇 건 안 되는 것으로 보고되었으나, 이곳을 찾은 유민들은 결코 포기하지 않았다.

일리나는 하진에게 진군을 한 달만 멈추어 달라고 부탁했다.

"아무리 인류의 통합이 중요하다고 해도 가족을 찾는 사람들을 나 몰라라 하고 진군할 수는 없지요. 부디 부대정비를 통한 시간만큼 저들에게 시간을 좀 주세요."

"그래요. 안 그래도 그럴 생각입니다. 이 세상에 가족보다 더 소중한 것이 또 어디 있겠습니까?"

"이런 인정 넘치는 사람이 연합군의 수장이니 사람들이 기꺼이 따를 수밖에. 제가 사람 하나는 참 제대로 보는 것 같아요."

"그, 그런가요?"

며칠 전 하진은 자신을 찾아온 일리나를 대면하면서 내심 불안함을 감추지 못하고 있었다.

그에겐 엄연히 말해서 연인이라고 부를 사람이 있지 않은 상태였으나 어쩐지 죄를 짓고 있는 느낌이 들었기 때문이다.

하지만 그녀는 하진의 그런 생각과는 전혀 다르게 아주 공적인 일에만 집중하고 있었다.

"우드림을 재건하다니 정말 대단해요. 지금까지 우리는 단 한 번도 생각하지 못한 일이거든요. 우리 타르니슨 역시 엘프족의 연합에 참여하고 싶었지만 우드림의 붕괴로 인해 아예 희망을 접고 있었어요. 만약 당신이 아니었다면 우리는 지금쯤 에라 섬에 처박혀 신세 한탄이나 하고 있었을 겁니다."

"우드림의 재건은 대륙의 평화를 위해서나 인류를 위해서

나 꼭 필요한 일이었습니다. 어쩌면 가장 중요한 일인지도 모르지요."

"잘하셨습니다. 당신 덕분에 앞으로 참 좋은 일이 많이 생길 것 같군요."

"아무튼 우리 연합에 참여해 주시다니 뭐라 감사의 말씀을 드려야 할지 모르겠네요."

그녀는 고개를 가로저었다.

"일전에도 말씀드렸다시피 우리 역시 종족의 정체성을 찾고 싶어요. 꼭 우드림이 아니더라도 인간의 억압에서 도망칠수 있는 연합이 있었다면 기꺼이 몸을 의탁했을 겁니다."

"그렇군요."

이제 하진은 그녀의 요청대로 군대를 재정비하면서 헤이슨 제국과 아케인 제국의 싸움을 한동안 관망할 생각이다.

지금 이 순간이 배를 약탈하기엔 최적의 시기였지만 전쟁은 하루 이틀 진행되는 것이 아니기에 하진은 이 보 전진을 위한 일 보 후퇴를 결정한 것이다.

덕분에 군사들은 재충전의 시간을 갖게 되었고, 후방의 이종족은 가족들을 찾을 수 있는 기회를 얻게 되었다.

일리나는 앞으로의 계획에 대해 물었다.

"이곳에서 한 달을 지낸 후엔 어떻게 할 계획이신가요?"

"서쪽으로 진군할 겁니다. 끝내는 아시스 연합국과의 일전을 치러야겠지요."

"한쪽이 죽을 수도 있어요."

"어쩔 수 없습니다. 유혈 사태 없이 혁명을 바라는 것은 어리석은 일이니까요."

"그래요. 맞는 말이에요."

그녀는 자신이 가지고 온 지도를 한 장 건넸다.

"우리에겐 군사가 필요할 겁니다. 이들을 구해낸다면 충분히 병력을 보충할 수 있을 거예요. 쉬는 동안 특공대를 파견하여 이들을 구출하는 것이 어떨까요?"

"노예해방이라… 그래요. 지금의 우리가 가장 신경을 쓰고 있는 부분이지요."

일리나가 하진에게 건넨 지도에는 각 종족의 노예들이 갇혀 있는 수용소 위치가 적혀 있었다.

총 50장의 지도에는 아주 세세하고도 정확한 위치가 기입되어 있어 군사를 파견한다면 동시다발적으로 꽤 많은 노예를 해방시킬 수 있을 것으로 보였다.

지도에는 노예들의 대략적인 숫자도 기입되어 있었는데, 엘프족 노예만 해도 무려 6만 명에 달했다.

지금의 이 기세라면 노예를 모두 해방시키고 새로운 길을 개척할 수도 있을 것이다.

"삼 일 후 인원을 편성해서 노예해방에 나서겠습니다."

"저도 함께 가요. 제 동족도 노예로 잡혀 있거든요."

"그럽시다."

지도를 정리하여 긴 나무통에 잘 갈무리한 하진이 그녀에게 넌지시 물었다.

"혹시 말입니다."

"네?"

"그 이후로 2세에 대한 소식은……."

그녀는 미묘한 표정으로 답했다.

"글쎄요."

"……."

"때가 되면 알게 되겠지요. 그게 자연의 순리 아닌가요?"

"…그건 그렇지요."

일리나는 슬그머니 미소를 지었다.

"후후, 너무 겁먹지 말아요. 당신에게 책임을 지라는 등의 소리는 하지 않을 테니."

"……."

"사람 참, 여전히 월경을 하고 있어요. 그러니 그런 죽을상 하지는 말아요."

"저, 정말입니까?"

"네, 그래요."

하진은 놀란 속을 가까스로 진정시켰다.

"휴우, 그렇군요."

"이봐요, 너무 그렇게 대놓고 안심하면 내 기분이 좋지 않잖아요?"

그는 고개를 가로저었다.

"그게 아닙니다."

"네?"

하진은 만약 자신의 씨앗이 이곳에 남아 있을 때 지구로 돌아갈 방법을 찾는다면 과연 무엇을 택해야 할지 몰라 고민에 빠질 것 같았다.

막상 그녀를 만났을 당시엔 지구에서 자신 말고 다른 사람이 이곳으로 왔다는 사실을 몰랐다.

하지만 이젠 반대로 지구라는 차원으로 다시 돌아갈 수 있겠다는 생각이 들었다.

그런 그에게 자식이란 단순한 부담이 아니라 생사의 기로에 선 선택이 될 수도 있었다.

'그런 일은 없기를…….'

그녀는 그런 그를 바라보며 차분히 말했다.

"나는 당신이 어떤 선택을 하든 존중할 거예요. 그게 애초에 내가 당신을 선택했을 때 가지고 있던 신념이니까요. 그러니 앞으로의 갈 길에 나를 결부시키지는 말아요."

"일리나……."

"아 참, 이건 노파심에서 하는 말인데, 나는 질척거리는 남자는 딱 질색이에요. 참고하세요."

"…후후, 알겠습니다."

두 사람은 서로의 눈동자를 바라보며 아주 잠깐 교감을

나누었다.

$$* \qquad * \qquad *$$

같은 시각, 아펠트 군도의 제3 채석장에서 한창 석회석 채취가 이뤄지고 있다.

드르르르르륵!

드워프들이 개발한 자동 굴착기는 엘프족의 정령술과 네피림의 마법이 결합된 최신식 장비였다.

아펠트 군도의 제3 채석장은 드래곤 연합의 영토 중에서 가장 많은 석회석이 생산되기 때문에 현지인뿐만 아니라 드워프와 엘프들도 함께 생산에 나서고 있었다.

앞으로 더 많은 콘크리트가 필요할 것을 감안한다면 하루 종일 광산이 돌아가도 모자랄 지경이다.

제3 광산의 총책임자이자 작업 기술자인 랄프가 채굴 기술자들과 운반 책임자들에게 잠시 휴식을 제안했다.

"이봐들, 아무리 기계와 몬스터가 일을 한다고 해도 좀 쉬었다가 하는 것이 어때?!"

"지금 그럴 시간이 어디 있나?! 자네, 책임자가 되더니 좀 물러진 것 아니야?"

"이 사람 참, 사람이 쉬어가면서 해야지. 안 그런가? 벌써 20시간째 쉬지 않고 있다고."

"으음, 그랬던가?"

"자자, 좀 쉬었다가 하자고."

"그래, 그럼 그러자고."

운반 책임자들은 엘프족이 조련한 몬스터들과 소환수들을 이용하여 채석한 석회석을 운반하고 다시 돌아오는 과정을 반복하고 있었다.

그들의 피곤함은 이루 말할 것도 없었지만, 노예 생활을 하던 시절을 생각해서 그런지 쉬는 것에 익숙하지가 않은 듯했다.

랄프는 작업장 한편에 가득 쌓여 있는 포션과 먹을거리를 꺼내어 작업자들에게 골고루 나누어주었다.

"대장님께서 그러시더군. 다 먹고살자고 하는 일이니 너무 무리는 하지 말라고."

"무리 아니야. 우리가 하던 작업량을 생각해 봐."

"뭐, 그건 그렇지만 대장님께서 지시하신 일이니 따르자고."

"그렇다면 어쩔 수 없지."

작업을 강요하는 것도 아니고 사람을 쉬어가면서 부리겠다는데 그것을 마다할 사람은 없을 것이다.

20시간 만에 휴식이니 랄프는 두세 시간 푹 쉬었다가 아예 작업을 마무리할 생각이다.

"몇 시간 푹 늘어지게 쉬다가 작업장을 정리하고 들어가

자고. 이러다간 집사람 얼굴을 까먹겠어."

"그래, 그러자고. 사람이 정신없이 일하다 보니 집에 들어갈 생각을 하지 못하고 있었군."

그 자리에 털썩 주저앉은 작업자들은 엘프족 특제 빵과 음료수를 마시며 꿀 같은 휴식을 만끽했다.

하지만 바로 그때, 전혀 상상치도 못한 일이 벌어지고 만다.

쿠그그그그그!

맹렬한 기세로 흔들리기 시작하는 대지, 작업자들은 그 자리에서 벌떡 일어나 작업장에서 멀리 떨어져 나갔다.

"에구머니나! 다들 일어나! 지진이 일어났나 봐!"

"이런, 또 시작이군!"

요즘 들어 가끔씩 산발적으로 지진이 일어나곤 하는데, 아펠트 군도가 워낙 특이한 지역이다 보니 다들 그러려니 하고 신경 쓰지 않고 있었다.

그러나 이번 지진은 뭔가 다른 점이 있었다.

피융!

빠지지지지직!

하늘에서 한 줄기 빛이 떨어져 내리더니 이내 땅을 파헤치기 시작했다.

촤라라라라라락!

"허, 허억!"

"이, 이게 뭐야?!"

"영지 수비군을 데리고 오자고!"

허겁지겁 마을로 돌아서려던 인부들은 이내 서서히 잦아 드는 빛줄기를 바라보았다.

스스스스스!

그 빛줄기는 마침내 하나의 작은 상자로 변해갔는데, 상자 에는 총 다섯 개의 홈이 파여 있었다.

다섯 개의 홈 중에서 세 개의 홈 안에는 각기 다른 색의 보석이 박혀 있고 나머지 두 개의 홈은 텅텅 빈 상태였다.

작업자들은 상자의 앞으로 슬그머니 다가갔다.

"이, 이게 뭐야?"

"그러게 말이야."

"요상한 물건이로군. 이런 물건은 보통 재앙의 징조이거나 영웅이 탄생할 징조야."

"에이, 자네가 그걸 어떻게 알아?"

"우리 네피림은 이런 현상을 꽤 많이 접해봤다고. 마법과 함께 지내는데 이런 기이한 현상이 한 번쯤 일어나지 않았겠 나?"

"하긴, 그건 그렇군."

네피림들은 이 물건을 하진에게 가지고 가야 한다고 말했 다.

"가우스트 장군께 이 물건을 가지고 가자고."

"하지만 만약 이게 재앙의 징조라면?"

"장군께서 알아서 하시겠지."

"흐음, 그래. 그럼 그렇게 하자고."

작업자들은 상자를 가지고 영주성으로 향했다.

외전

이른 아침, 강남의 한 슈퍼마켓으로 경찰들이 모여들어 있다.

[사건 현장, 출입 엄금]

노란색 폴리스 라인과 붉은색 푯말이 붙은 사건 현장으로 김연석 경감이 도착했다.

척!

"오셨습니까?"

"그래, 사건 현장은 좀 어때?"

"아무것도 없습니다. 무엇보다도 목격자의 진술과 CCTV 화면에 이상한 점이 많아서 혼선이 생기고 있습니다."

"그게 무슨 소리야?"

"일단 한번 들어와 보시는 것이 좋겠습니다."

연석은 어젯밤에 선미의 전화를 받고는 곧바로 그녀를 찾아 나섰으나 그 흔적을 찾을 수가 없었다.

핸드폰 위치 추적을 통하여 그녀를 찾으려 했으나 전원이 켜져 있지 않아서 그것조차 불가능하였다.

그나마 그녀가 마지막으로 머물던 지역의 기지국을 통해 대략적인 위치만 파악하고 있을 뿐이다.

슈퍼마켓으로 들어서는 그의 표정은 여전히 복잡해 보였다.

'도대체 하진 아버님께 무슨 일이 생긴 것일까? 그리고 그녀는 왜 그런 말을 남기고 사라졌을까?'

거의 정신이 나간 사람처럼 터덜터덜 슈퍼마켓 안으로 들어선 연석에게 형사들이 다가왔다.

"김 경감님, 이쪽입니다."

"아아, 그래요."

강남서 형사들은 동대문서에 협조 공문을 보내어 연석을 이곳까지 끌어들였다. 하지만 그는 여전히 자신이 이곳에 왜 왔는지 영문도 모르고 있었다.

기계처럼 형사들을 따라서 걸어간 그는 겁에 잔뜩 질린 채 덜덜 떨고 있는 한 중년 여성을 볼 수 있었다.

"으으, 으으으으……!"

"아주머니, 전문가를 모셔왔습니다."

"…당신이 전문가예요?!"

"네?"

"사, 사람이 갈가리 찢겨 죽었다고요! 당신이 사람 갈가리 찢겨 죽은 사건의 전문가냐고요!"

순간 연석의 눈동자가 강남서의 형사들에게로 향했다.

그러자 그들은 가만히 고개를 끄덕였다.

그는 이번 사건이 자신이 조사하고 있는 하진의 실종 사건과 비슷하다는 것을 알 수 있었다.

연석은 퍼뜩 정신이 돌아왔다.

"여사님, 동대문서 김연석 경감이라고 합니다. 범죄심리학 박사이고 프로파일러로 활동 중이지요."

"…프로파일러?"

"범죄자들의 심리를 다루는 사람입니다. 사건이 일어났을 때에 범인들의 행동 심리 분석 등을 주로 하지요."

"아무튼 이 방면에 전문가란 말이지요?"

"엄연히 따지면 영역은 다릅니다만, 제가 매달리고 있는 사건과 이번 사건이 비슷합니다."

"무슨 말인지는 잘 모르겠지만, 내 얘기를 들어도 미쳤다는 소리는 안 하겠군요."

"물론이죠."

그녀는 자신이 본 것을 그대로 연석에게 얘기해 주었다.

"어젯밤에 한 아가씨가 누군가에게 쫓기고 있다면서 도와
달라고 했어요. 저는 아가씨를 숨겨두고 경찰에 신고하려 했
지만 곧바로 누군가가 뒤따라 들어왔지요. 그들은 무시무시
한 흉기를 들고 있었어요. 그래서 저는 아가씨의 행방을 가
르쳐 주고 말았죠."

"흐음, 그렇군요. 그래서 그다음엔 어떻게 되었습니까? 괴
한들이 여자를 잡아서 죽였어요?"

"아니요. 그렇지 않아요."

슈퍼마켓 주인은 몸을 부르르 떨면서 말을 이었다.

"…무슨 톱니바퀴가 고기 써는 소리가 들렸어요. 그래서
들어가 보았더니 그 여자는 없고 온통 인육뿐이었죠."

"인육……."

연석은 그녀가 표현한 사건 현장의 참혹함이 자신이 처음
접한 하진의 실종 사건과 비슷하다는 것을 어렵지 않게 알
수 있었다.

'그때와 같다!'

두려움에 떨고 있는 그녀에게 연석이 계속해서 물었다.

"그 여자는 찾을 수 없었나요? 흔적도 없이 사라졌어요?"

"네, 맞아요!"

"사람이 저렇게 처참하게 죽었는데 유독 한 사람만 흔적
도 없이 사라졌다, 이런 얘기지요?"

"그래요. 맞아요."

강남서의 형사들이 연석을 바라보며 말했다.

"CCTV 화면이 남아 있습니다. 한번 보시죠."

"그럽시다."

그는 폐쇄 회로 화면을 재생시켜 그녀가 사라졌다는 시간대의 영상을 확인해 보았다.

영상 속에는 슈퍼 주인의 말처럼 한 여자가 헐레벌떡 들어왔는데, 그 얼굴이 아주 낯익었다.

'선미 씨?!'

그는 조금 더 가까이 다가가 화면에 집중하였다.

"저, 저 여자가 바로 그 여자란 말이죠?"

"네, 맞아요! 저 아가씨가 사라진 여자예요!"

"후우……."

연석은 자꾸만 입술이 바짝바짝 타들어가 마른침을 삼켰다.

꿀꺽!

잠시 후, 계속되는 영상에는 놀라운 장면이 연출되었다.

그녀가 연석에게로 전화를 건 후 괴한들에게 쫓겨 환풍구로 들어가 버렸는데, 그들은 선미가 들어간 환풍구를 미친 듯이 두들겨 팼다.

그리고 대략 30초 후, 그녀가 들어가 있던 환풍구 끝에서부터 빛무리가 새어 나오더니 이내 날카로운 톱니바퀴로 변해 버렸다.

그 톱니바퀴는 괴한들을 무자비하게 도륙낸 후 다시 환풍구를 향해 사라져 버렸고, 사건 현장에는 사람의 시신 말고는 아무것도 남아 있지 않게 되었다.

"이럴 수가……."

"경감님, 도대체 이걸 어떻게 상부에 보고할까요?"

"그러게 말입니다."

연석은 조금 더 사건 현장을 둘러보기로 했다.

"현장에 더 남아 있어도 괜찮죠?"

"저희들이야 프로파일러가 있어주시면 좋지요."

"그래요. 고맙습니다."

그는 다시 한 번 처참한 살육의 현장으로 들어갔다.

*　　　*　　　*

연석은 2층 가건물의 후방 창고 안에서 벌어진 참혹한 살인 현장을 유심히 살펴보고 있었다.

그는 선미가 과연 어떤 방식으로 저항하였고, 어떻게 하여 환풍구까지 갈 수 있었는 지 생각해 보았다.

'그녀는 분명 자신이 도망치기 가장 좋은 곳을 찾았을 것이고, 그곳으로 환풍구를 선택했겠지.'

연석은 그녀가 들어간 것으로 추정되는 환풍구를 발로 툭툭 차보았다.

끼이이익.

'환풍구를 둔기로 무자비하게 두들겨 팬 모양이군. 그렇다면 그녀가 환풍구에 있다는 것을 놈들이 알아챘다는 소리가 되는데……'

괴한들이 그녀의 위치까지 파악하고 난 후에도 어째서 그 안으로 곧바로 들어오지 않고 몽둥이를 휘둘렀을까 하는 생각이 그의 머리를 간질였다.

그러자 그는 한 가지 결론에 도달했다.

"아하, 놈들이 그녀를 꺼내려고 하자 그녀가 그들을 공격한 것이구나! 그렇게 되면 흥분해서 저렇게 미친놈들처럼 환풍구를 두들겨 팰 수도 있지!"

그는 환풍구 안으로 들어가 플래시라이트를 비추어보았다.

딸깍!

LED 램프가 환풍구 안을 비추자 환풍구 안 바닥에 뭔가 작은 물체가 떨어져 있는 것이 보인다.

연석은 그 사이를 억지로 비집고 들어가 작은 물건을 집어 들었다.

"핸드폰?!"

그것은 바로 그녀가 흘린 것으로 보이는 핸드폰이었다.

이런 것을 두고 천운이라고 하는 것인지, 어쩌면 이것은 그녀가 일부러 흘려둔 것인지도 몰랐다.

연석은 핸드폰을 주머니에 집어넣고 환풍구 끝으로 기어
갔다.

끼익, 끼익.

하지만 이윽고 환풍구가 더 이상 버티지 못하고 아래로
떨어져 내렸다.

쿠웅!

"크윽!"

순간 밖에 있던 형사들이 무슨 일인가 싶어 달려 들어왔
다.

"경감님!"

"이, 이런, 환풍구 안에 들어갔다가……."

"참, 현장을 훼손하시면 어떻게 합니까?"

"미안합니다. 이런 일이 벌어질 줄은……."

바로 그때, 형사들의 눈이 서서히 동그래지기 시작했다.

"어, 어어어어……!"

"왜, 왜 그래요?"

"저, 저기……!"

그들의 손가락을 따라 고개를 돌린 연석은 화들짝 놀라
환풍구에서 재빨리 빠져나왔다.

"우, 우와아아악!"

"이, 이게 도대체 뭐야?!"

그가 누워 있던 환풍구 벽면에 기하학적인 무늬가 새겨져

있었는데, 이것은 모두 사람의 머리카락과 살점으로 이뤄져 있었다.

게다가 이 살점은 여전히 살아서 움직이고 있었기 때문에 마치 환풍구에 머리카락이 자라난 것처럼 보인 것이다.

이 징그러운 장면을 바로 옆에서 본 연석은 기분이 썩 좋지가 못했다.

"…제기랄, 도대체 저게 뭐야?!"

"경감님, 이걸 도대체 상부에 어떻게 보고하면 좋을까요? 우리가 보기엔 저 환풍구가 살아 있는 것처럼 보이는데 말입니다."

연석은 라텍스 장갑을 착용한 후 환풍구 벽면에 붙어 있는 살점을 툭툭 건드려 보았다.

물컹!

그는 이내 살점을 손으로 살짝 비벼보았다.

슥슥!

"뭐, 뭐 하시는 겁니까?! 그러다가 봉변당합니다!"

"괜찮아요. 그냥 벽면에 살점이 붙은 겁니다. 이것들이 아직까지 생기를 잃지 않았다는 것이 신기하긴 하지만, 그렇다고 무생물이 생물이 된 것은 아닙니다. 안심하세요."

"휴우, 그, 그런 겁니까?"

"…아무리 그래도 불길한 것은 마찬가지 아닙니까? 전 아무래도 푸닥거리 한번 해야겠습니다. 퉤퉤!"

"하긴 이게 정상적인 현상은 아니지. 다들 술이나 한잔하러 가자고!"

"경감님, 같이 가시죠."

그는 고개를 가로저었다.

"아닙니다. 저는 이곳에 조금만 더 있다가 가겠습니다."

"…너무 오래 있지는 마십시오. 사람을 잡아먹은 곳인데 오래 있어봐야 좋을 것 하나도 없습니다."

"그래요."

형사들이 이곳을 나간 후 그는 벽면에 붙어 있는 무늬를 사진으로 촬영하고 그 시료를 채취하여 밀봉 용기에 담았다.

슥슥.

잠시 후 그는 현장을 나와 동대문서로 향했다.

*   *   *

동대문 경찰서를 찾아온 연석은 핸드폰 통화 내역을 조회해 보았다.

10:10분—강남 한성 병원.

10:20분—차정진

연석은 이 핸드폰의 주인이 자신에게 전화를 걸어온 선미가 아니라는 사실을 어렵지 않게 알 수 있었다.

놀랍게도 이 핸드폰의 주인은 바로 하진의 아버지 연진성 소장의 것이었다.

그는 도대체 이 핸드폰이 어떻게 그녀의 손에 있었는지 알 수가 없었지만, 분명 그녀가 남긴 마지막 한마디와 연관이 있다고 생각했다.

일단 그는 차정진이라는 사람의 신원에 대하여 조회해 보았다.

하지만 그는 처음부터 접근 금지를 받았다.

[오류: 보안 등급이 모자랍니다.]

경찰서의 신원 조회에서 보안 등급이 모자란다는 것은 그의 신원이 기밀이 붙일 만큼 대단하다는 것이다.

만약 그것도 아니라면 국가에서 그 신원을 숨겨야 할 필요가 있기 때문에 암호를 걸어놓은 것이다.

"차정진이라… 도대체 뭐 하는 사람이지?"

이윽고 그는 강남에 위치한 한성 병원이라는 곳에 대해 조회해 보았다.

[한성 병원: 서울특별시 강남구…….]

그는 한성 병원의 주소를 적어놓고 병원의 전화번호를 메모하였다.

이제 슬슬 자리에서 일어서려던 그때 불현듯 자신이 가지고 있던 핸드폰이 울렸다.

따르르르르릉!

연석은 전화를 받았다.

"……."

―연 소장, 자네인가?! 자네 지금 살아 있나?!

그는 아주 조심스럽게 대답했다.

"저는 전화를 주운 사람입니다."

―…뭐요? 전화를 주웠다고? 그럼 주인은 어디에 있소?

"저도 그게 궁금하던 참입니다. 이 전화의 주인은 제 친구의 아버님이시기 때문이죠."

―그렇다면 그쪽이 연하진 소령의 친구란 말이오?

"예, 그렇습니다."

―흐음, 그렇단 말이지.

"지금 제가 가지고 있는 아버님의 핸드폰에 나온 통화 내역에 지금 전화를 받으시는 선생님의 성함과 한성 병원이라는 곳의 전화번호가 찍혀 있었습니다."

―그렇군.

그는 연석에게 만남을 제안했다.

—일단 좀 만납시다. 만나서 얘기하는 것이 어떻겠소? 내가 그쪽으로 가겠소.

　"아닙니다. 이곳은 경찰서이니 밖에서 얘기하는 편이 좋겠습니다."

　—경찰서? 그렇다면 그쪽은 경찰이란 말이군.

　"예, 그렇습니다."

　—마침 잘되었군. 그렇다면 더더욱 할 얘기가 많겠어. 내가 주소를 하나 보내줄 테니 그곳으로 오시오.

　"예, 선생님."

　그는 주소를 메모하였다.

＊　　　　　＊　　　　　＊

　경기도 가평의 한 별장.

　부르르르릉!

　연석의 자동차가 별장 입구를 향해 아주 거칠게 달려갔다.

　그리고 잠시 후 그는 멋스럽게 나이를 먹은 60대 남성을 발견하였다.

　연석은 그의 앞에 차를 멈춰 세웠다.

　"차정진 선생님?"

　"그렇소. 그쪽은?"

"저는 동대문서 김연석 경감입니다."

"반갑소. 차정진 중장이라고 하오."

"중장… 군인이셨군요."

"연진성 소장은 내 육사 동기요. 비록 내가 운이 좋아서 진급을 조금 빨리하긴 했지만 30년 넘게 군에서 함께한 지기인 셈이지."

"그렇군요. 어쩐지 선생님의 데이터를 경찰서에서는 조회할 수가 없었습니다."

"물론 그럴 것이오. 나는 기무 사령부에서 참모장을 역임하고 있거든."

"아아!"

차정진은 연석에게 한성 병원에 대해서부터 물었다.

"그나저나 나에게 전화를 걸기 전에 통화했다는 한성 병원에 대해선 뭔가 알아낸 것이 있소?"

"경찰서에서 조회를 해보니 그냥 일반 외과로만 나와 있었습니다. 그 밖에 다른 특이 사항은 없었습니다."

"한성 병원이라… 왜 하필이면 연 소장이 그곳에 관심을 가지고 있던 것이지?"

"그러게 말입니다. 그리고 제가 이 핸드폰을 줍게 된 결정적인 계기는 제 친구 하진의 옛 연인인 명선미 씨가 연 소장님은 결백하다는 것을 말해주었기 때문입니다."

"그 친구의 결백을 주장하는 사람이 있었다?"

"소장님께선 아직 살아 계시고 억울한 누명을 쓰고 있다는 것 같았습니다."

"지금 그녀는 어디에 있소?!"

"모릅니다. 현장에서 증발해 버렸습니다. 안 그래도 그 현장에서 돌아오는 길인데, 핸드폰 말고 다른 것은 찾을 수가 없었습니다."

"이것 참."

연석은 차정진에게 하진 부자의 억울한 사연에 대해 물었다.

"그나저나 소장님께선 왜 저렇게 되신 겁니까? 뭔가 문제라도 있었던 겁니까?"

"이건 내 추측일 뿐이고 아직 조사 중에 있는 일이오. 감당하기 힘든 사실일 텐데, 들어도 괜찮겠소?"

"제 친구와 존경하던 아버님이 없어졌습니다. 알 것은 알아야겠습니다."

"흐음, 그래, 언젠가 연 소령에게 김 경감이 얘기를 들은 것도 같소. 진짜 친구라면 이런 얘기는 알고 있어야겠지. 내가 이 얘기를 해주었으니 그쪽도 내 친구와 그 아들의 억울함을 풀어주기 위해 목숨을 걸어야 하오. 알겠소?"

"물론입니다."

차정진은 그에게 USB를 하나 건넸다.

"이게 뭔지 아시오?"

"……?"

"군 수뇌부 150명의 비리 내역이 담긴 수사 파일이오. 이 중에는 100억대 비리부터 몇천 억 대의 비리까지 전부 다 담겨 있지. 한데 말이오, 이 수사 파일에는 돈을 주고받은 사람뿐만이 아니라 군 수뇌부가 정계와 유착 관계를 형성하고 있다는 정황이 모두 들어 있소. 방산 비리가 비단 군 수뇌부만의 행위가 아니라 정계 인사가 대거 포함되어 있다는 얘기지."

"……!"

"연 소장은 나와 함께 이 비리를 내사하다가 그들의 손아귀에 걸려 누명을 쓰고 실종된 것이오. 아마 내가 휴가를 가장하여 정계 인사들을 조용히 염탐하던 때에 납치를 당한 것 같더군."

"그런 일이……."

"빌어먹을, 조금 더 조심스럽게 움직여야 했는데. 나야 기무사에 있기 때문에 신원 조회에 한계가 있지만 연 소장은 아니었소. 그는 대외적으로 상당히 명예가 드높은 사람이었기 때문에 공식적인 조회가 안 되어도 충분히 파악이 가능한 상태였소. 한마디로 그는 스타였거든."

"흐음, 명예가 드높은 사람일수록 표적이 되기 쉽다, 뭐 그런 상황이군요."

"그렇다고 볼 수 있소."

차정진은 그에게 한 가지 당부를 했다.

"나는 이것을 김 경감에게 주면서 이런 생각을 했소. 나 역시 연 소장을 따라서 숨질 수 있을 테니 이것들을 누군가는 가지고 있어주면 좋겠다고 말이오. 하지만 그러기엔 너무 큰 짐을 지우는 것 같아서 미안하구려. 그렇지만 내 마음을 이해하리라 믿소."

"물론입니다."

차정진은 이제 연석과 자신은 한편이라고 강조했다.

"이제부터 우리는 모든 것을 공유해야 하오. 그래야 이 상황을 타계할 수가 있을 것이오."

"잘 알겠습니다."

"일단 내 부하들을 한성 병원으로 투입시키겠소. 그곳이 과연 무엇을 하는 곳이기에 그가 그곳에 전화를 걸었다가 사라진 것인지 알아봐야 하지 않겠소?"

"저도 돕겠습니다."

"아니, 위험한 것은 내가 하겠소. 나는 간접적인 영향력이 꽤 있으니 얼마든지 놈들을 털 수 있소. 하지만 김 경감은 잘못 나섰다가 연 소장처럼 되는 수가 있소. 그러니 그대는 아주 은밀하게 이 사건을 더 조사해 주시오. 사건 현장을 처음부터 뒤지고 역순으로 모든 사건을 되짚어보는 것이오."

"알겠습니다. 그럼 저는 명선미 씨부터 연 씨 부자까지 전부 다 다시 조사하겠습니다."

"그리해 주시오."

차정진은 그에게 핸드폰을 한 대 건넸다.

"기무 사령부에서도 추적이 불가능한 핸드폰이오. 이것으로 연락하면서 지냅시다."

"잘 알겠습니다."

"그럼 서로 움직였다가 특별한 일이 있으면 다시 모입시다."

"그렇게 하시지요."

두 사람은 악수를 나눈 후 서로의 자리를 향해 움직였다.

*　　　　*　　　　*

이른 아침, 강남 한성 병원으로 네 명의 군인이 찾아왔다.

그들은 하나같이 팔에 붕대를 감고 있었는데, 아무래도 외래 진료를 위해서 이곳을 찾은 것 같았다.

"실례 좀 하겠습니다. 지금 당장 붕대를 다시 감아야 할 것 같은데 치료가 가능하겠습니까?"

"…치료요? 몇 분이나 받으실 건데요?"

"우리 세 명이요. 나머지 한 명은 운전을 위해 따라온 것입니다."

"그래요. 그럼 치료실로 가시고 남은 분은 이곳에서 수납해 주세요."

"네, 알겠습니다."

중사 계급의 사내가 수납을 하는 동안 같은 계급의 사내 세 명은 남자 간호사를 따라서 치료실로 향했다.

그들은 치료실로 향하는 동안 연신 주변을 둘러보았다.

"병원이 꽤 낡았군요."

"오래되었으니까요."

"제가 서울에서 꽤 오래 살았다고 자부하는데, 강남에 이런 병원이 있다는 것은 처음 알았네요."

"강남이라고 다 같은 강남인가요? 후미진 곳에 병원이 있을 수도 있죠."

"으음, 그렇군요."

치료실로 향하는 동안 군인들은 끝도 없이 간호사에게 말을 걸었다.

"그런데 말입니다, 이렇게 작은 병원에 무슨 지하 병동이 있어요? 이곳에 입원하는 사람들이 꽤 많은 모양입니다?"

"…병원에 관심이 참 많으시네요."

"아니, 병원의 규모가 작아 보였는데 막상 와보니 그렇지 않은 것 같아서요."

"네, 보기보다 커요. 됐죠?"

잠시 후, 한 군인이 뒤로 슬쩍 빠지더니 지하 병동으로 향했다.

그는 무전기의 이어 마이크를 연결하고 있었는데, 주변의 상황을 전부 부대에 전파하고 있었다.

"지하 병동이 있는 것으로 보입니다. 건축물대장에는 나와 있지 않은 시설로 보아 정상적인 것은 아닌 것 같습니다."

—지하실로 들어간다.

"하지만 잘못했다간 경찰에 신고할 수도 있습니다."

—걱정하지 마라. 우리가 알아서 하겠다.

"입감."

그는 지하 병동의 문을 열고 안으로 들어갔다.

드르르륵!

그러자 그의 눈에 믿을 수 없는 광경이 펼쳐져 있다.

병실에는 환자들이 누워 있었는데, 한쪽 구석에선 그들을 산 채로 절단하여 밀봉하는 작업이 한창이었다.

지이이이이잉!

그는 재빨리 병실 구석으로 몸을 숨겼다.

"…지하실에 사람을 산 채로 뜯어서 팔아먹는 통나무 장사들이 있는 것 같습니다."

—미친놈들이군. 시내 한복판에서 그런 말도 안 되는 짓을 하고 있어?

"어떻게 할까요?"

—일단 건물을 봉쇄하고 지정된 VIP가 있는지 수색해 본다.

"예, 알겠습니다."

무전이 끝나자마자 갑자기 건물의 모든 전기가 차단되었다.

타악!

지하 병동에 있던 직원들이 화들짝 놀라서 소리쳤다.

"이, 이런 씨발! 도대체 무슨 일이야?!"

바로 그때, 지하 병동으로 한 무리의 군사들이 들이닥쳤다.

콰앙!

"손들어! 움직이면 쏜다!"

"허, 허억!"

"다, 당신들, 누구야?! 영장은 가지고 있나?!"

"우리는 기무 사령부 소속 불법 단체 단속반이다! 우리는 경찰 관할에서 선 조치 후 협조를 구할 수 있는 권리가 있다!"

"이런 씨발, 도대체 뭐라는 거야?!"

"한마디로 너희들은 오늘 다 됐졌다는 뜻이다."

"…튀어!"

사방으로 흩어져 도망가려던 그들이지만, 이미 건물 전체가 군인들에게 점령된 이후였다.

"잡아라! 산 채로 포획해서 데리고 간다!"

"예!"

핑핑핑!

"어흑!"

둔부와 대퇴부에 사격하여 행동 불능을 만들어 버린 기무 사령부 군사들은 살인 기계들을 잡아 포박했다.

잠시 후, 어둠 속에서 한 대원의 목소리가 들렸다.

"중대장님, VIP를 찾았습니다!"

"살아 계신가?!"

"…눈이 한쪽 없긴 합니다만 아직 살아 계십니다! 이런 개자식들, 우리가 들어왔을 때 이분을 해체하려던 것 같습니다!"

"개자식들, 감히 육군 소장을 수술해서 팔아먹으려 해?! 이놈들을 다 잡아서 기무 사령부로 끌고 간다!"

"예!"

대위 계급을 단 사내가 눈 한쪽이 사라진 그를 바라보며 물었다.

"연진성 소장님! 괜찮으십니까?! 기무사에서 나왔습니다!"

"쿨럭쿨럭! 와주었군."

"가시지요. 저희들이 모시겠습니다!"

"그래, 고맙네."

연진성 소장은 눈에 안대를 한 채 기무사 특무부사관 30명과 함께 병원을 나섰다.

＊   ＊   ＊

늦은 밤, 연석은 이미 남의 명의로 넘어가 버린 옛 하진의 집을 찾았다.

지금 이곳은 사람이 몇 년째 살고 있지 않아서 동네에선 폐가처럼 취급하고 있었다.

그는 2층 주택의 담장을 넘어서 그 안으로 몰래 잠입했다.

파밧!

"담장을 넘다니, 오랜만이군."

연석은 현관문 대신 깨져 버린 거실 유리창으로 들어갔다.

먼지가 자욱한 집이었지만 여전히 깔끔하던 하진의 어머니 태성자 여사의 손때가 여기저기 묻어 있었다.

"찬장이며 서랍까지 아주 정갈하게 정리되어 있군."

그는 천천히 집을 살펴보다가 이내 익숙한 문구의 약봉지를 찾았다.

[태성자 환자: 처방의—한성 병원 이훈제]

"한성 병원!"

그는 하진의 어머니가 한성 병원에서 약을 처방 받고 그곳을 자주 다녔다는 사실을 어렵지 않게 알 수 있었다.

만약 그녀가 한성 병원을 다녔다면 하진의 아버지는 당연히 그 병원과 인연이 있을 터였다.

바로 그때, 그의 전화기가 울린다.

따르르르릉!

―차정진이오.

"예, 중장님. 지금 하진의 집을 찾아왔습니다. 그리고 이곳에서 한성 병원과 하진 어머니가 어떤 관련이 있다는 것을 알아냈습니다. 어머니께선 그곳의 환자였습니다."

―그렇군. 우리는 지금 한성 병원에서 그 남편을 찾았소.

"소, 소장님을 찾았습니까?!"

―그렇소. 하지만 대외적으로는 아직 공개하지 않은 상태이니 김 경감만 아주 조용히 이곳으로 오시구려.

"예, 알겠습니다. 지금 당장 가겠습니다!"

그는 바쁜 걸음으로 연진성 소장이 있는 곳으로 향했다.

『무한 레벨업』 6권에 계속…

초대형 24시 만화방

신간 100%, 샤워실, 흡연실, 수면실(침대석), 커플석, 세탁기 완비

▪ 강북 노원역점 ▪

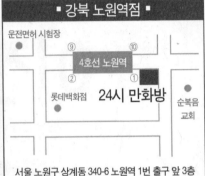

운전면허 시험장

⑨ ⑩

4호선 노원역

24시 만화방

롯데백화점

순복음
교회

서울 노원구 상계동 340-6 노원역 1번 출구 앞 3층
02) 951-8324 (화용빌딩 3층)

▪ 일산 정발산역점 ▪

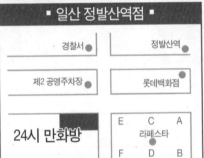

경찰서 ● 정발산역 ●

제2 공영주차장 ● 롯데백화점 ●

24시 만화방

E C A
라페스타
F D B

라페스타 E동 건너편 먹자골목 내 객잔건물 5층
031) 914-1957

▪ 일산 화정역점 ▪

덕양구청

③ ④

화정역

② ①

세이브존

롯데마트 이마트

24시 만화방 화정중앙공원 화정동 성당

경기도 고양시 덕양구 화정동 984번지 서일빌딩 7층
031) 979-4874 (서일사우나 건물 7층)

▪ 부천 역곡역점 ▪

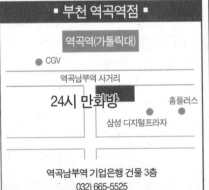

역곡역(가톨릭대)

● CGV

역곡남부역 사거리

24시 만화방 홈플러스 ●

삼성 디지털프라자

역곡남부역 기업은행 건물 3층
032) 665-5525

▪ 부평역점 ▪

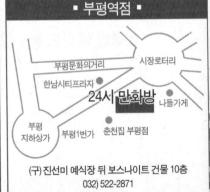

시장로터리

부평문화의거리

한남시티프라자 ● 24시 만화방 나들가게

부평 부평1번가 춘천집 부평점
지하상가

(구) 진선미 예식장 뒤 보스나이트 건물 10층
032) 522-2871

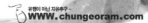

네르가시아 장편소설
FUSION FANTASTIC STORY

도시 무왕 연대기

글로벌 기업의 후계자 감태하.
탄탄대로를 걷던 그에게 거대한 음모가 덮쳐 온다!

『도시 무왕 연대기』

가장 믿고 있었던 친척의 배신,
그가 탄 비행기는 추락하고 만다.

혹한의 땅에서 기적같이 살아나
기연을 만나게 되는데……

모든 것을 잃은 남자,
감태하의 화끈한 복수극이 시작된다!

MAJOR LEAGUER

FUSION FANTASTIC STORY

메이저리거

강성곤 장편 소설

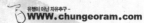

강준현 장편소설
FUSION FANTASTIC STORY

인생을 바꿔라

『복수의 길』, 『개척자』 강준현 작가의
2016년 신작!

자신이 무엇인지 알지 못하는 정신체, 염.
세상을 떠돌며 사람의 몸속으로 들어가
에너지를 얻고 나오길 반복하던 어느 날.

사고로 인한 하반신 마비, 애인의 이별 선언.
삶에 지쳐 자살하려는 김철의 몸에 들어가게 되는데……

"뭐, 뭐야! 아직도 못 벗어났단 말이야?"

새로운 삶을 살리라,
정처 없이 떠돌던 그의 인생 개척이 시작된다!

"어떤 삶인지 궁금하다고? 그럼 한번 따라와 봐."

Book Publishing CHUNGEORAM

유행이 아닌 자유추구 -
WWW.chungeoram.com

궁극의 쉐프

Ultimate chef

가프 장편소설

FUSION FANTASTIC STORY

태초의 우물에서 찾은 사막의 기적.
사람의 식성과 식욕을 색으로 읽어내는 능력은
요리의 차원을 한 단계 드높인다.

『궁극의 쉐프』

요리란!
접시 위에 자신의 모든 것을 담아내는 것.

쉐프란!
그 요리에 자신의 가치를 증명하는 사람.

"요리 하나로 사람의 운명도 좌우할 수 있습니다."

혀를 위한 요리가 아닌, 마음을 돌보는 요리를 꿈꾸는
궁극의 쉐프 손장태의 여정이 시작된다!

철순 장편소설

FUSION FANTASTIC STORY

괴물 포식자

지구 곳곳에 나타난 차원의 균열.
그것은 인류에게 종말을 고하는 신호탄이었다.

『괴물 포식자』

괴물을 먹어치우며 성장한 지구 최강의 사내, 신혁돈.
그는 자신의 힘을 두려워한 인류에 의해
인류의 배신자라는 낙인이 찍히고 죽게 되는데…

[잠식이 100%에 달했습니다.]
[히든 피스! 잠들어 있던 피닉스의 심장이 깨어납니다.]

불사의 괴물, 피닉스의 심장은
신혁돈을 15년 전으로 회귀하게 한다.

먹어라! 그리고 강해져라!
괴물 포식자 신혁돈의 전설이 시작된다!

Book Publishing CHUNGEORAM

유행이 아닌 자유추구 -
WWW. chungeoram.com